Jacques Rancière

Pedro Costa
Les chambres
du cinéaste

*avec la participation
de Cyril Neyrat*

les éditions de l'œil

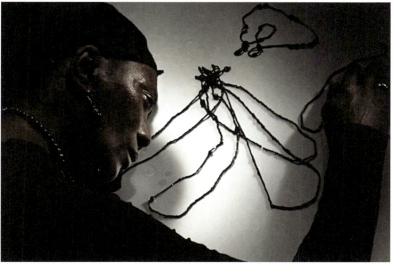

	Chapitre I
11	**Propositions**

13	1. Politique de Pedro Costa
27	2. Les Chambres du cinéaste
36	3. La Lettre de Ventura
42	4. *Cavalo Dinheiro*
50	5. Deux yeux dans la nuit

	Chapitre II
61	**Moments choisis**
	Conversations avec Cyril Neyrat

Casa de Lava

63	1. Du volcan au chantier
67	2. Un violon qui grince
71	3. La Lettre volée
73	4. Un langage pour tous

Ossos

77	1. La Sphinge
81	2. Un suicide raté. Acte I
83	3. Un suicide raté. Acte II
85	4. Danse triste
89	5. Une voix sans corps
91	6. La Porte fermée

Dans la chambre de Vanda

95	1. D'une chambre à l'autre
99	2. Ni dedans ni dehors
100	3. La Forteresse écroulée
102	4. Une femme dont on parle
105	5. Les Épuisés
106	6. Le Travail de l'art

En avant, jeunesse!

111	1. Les Requins et la furie
115	2. Le Conflit des esthétiques
121	3. La Maison des morts

Notre homme

123	1. Un homme à terre
127	2. Paysage serein
129	3. Un moment d'hospitalité

Cavalo Dinheiro

135	1. La Descente aux Enfers
139	2. Chuchotements dans la nuit
141	3. Radiographie d'un destin
145	4. Un duo d'opéra
147	5. Derrière la vitre
151	6. Dialogue des ombres

Vitalina Varela
- 155   1. Cortège funèbre
- 159   2. Architectures improbables
- 161   3. Celle qu'on n'attendait plus
- 167   4. Le Récitatif de Ventura
- 169   5. Histoire d'un couple

173   *Chapitre III*
Rencontres
Avec Pedro Costa

175   « Portes ouvertes, portes fermées »
Madrid, Musée Reina Sofia
18 décembre 2010

187   « La Comédie du montage »
Journées philosophiques, Institut français
de Barcelone, 13 mai 2011

196   « Le Film sans fin »
Cité-Philo, Auditorium du Palais
des Beaux-Arts de Lille, 14 octobre 2021

Chapitre I
Propositions

1. Politique de Pedro Costa

Comment penser la politique des films de Pedro Costa ? À un premier niveau, la réponse semble simple : ses films ont apparemment pour objet essentiel une situation qui est au cœur des enjeux politiques de notre présent : le sort des exploités, de ceux qui sont venus de loin, des anciennes colonies africaines, pour travailler sur les chantiers de construction portugais, qui ont perdu leur famille, leur santé, parfois leur vie, sur ces chantiers ; ceux qui se sont entassés hier dans les bidonvilles suburbains avant d'en être chassés vers des habitations nouvelles, plus claires, plus modernes, mais pas forcément plus habitables. À ce noyau fondamental, viennent s'agréger d'autres thèmes sensibles : dans *Casa de Lava* la répression salazariste qui envoyait ses opposants dans des camps situés là même d'où partaient les Africains à la recherche d'un travail en métropole ; à partir d'*Ossos*, la vie de ces jeunes lisboètes que la drogue et la dérive sociale ont amenés à partager la même vie que les immigrés cap-verdiens dans les mêmes bidonvilles.

Une situation sociale, pourtant, ne suffit pas à faire un art politique, non plus qu'une évidente sympathie pour les exploités et les délaissés. On juge habituellement qu'il doit s'y ajouter un mode de représentation qui rende cette situation intelligible comme l'effet de certaines causes et la montre productrice de formes de conscience et d'affects qui la modifient. On réclame que les procédures formelles y soient gouvernées par la mise en lumière des causes et la dynamique des effets. C'est ici que les choses se troublent. À aucun moment la caméra de Pedro Costa ne fait le trajet habituel qui déplace la caméra des lieux de la misère vers les lieux où les dominants la produisent ou la gèrent ; à aucun moment la puissance économique qui exploite et relègue, ni la puissance administrative et policière qui réprime ou déplace les populations n'apparaissent dans ses films ; à aucun moment quelque chose comme une formulation politique de la situation ou un affect de révolte ne s'exprime par la bouche de ses personnages. Certains cinéastes politiques naguère, comme Francesco Rosi, nous donnaient à voir la machine qui reléguait ou déplaçait les pauvres. D'autres, comme Jean-Marie Straub aujourd'hui encore, prennent le parti inverse d'éloigner leur caméra de la « misère du monde » pour nous donner à voir, dans quelque amphithéâtre de verdure, évocateur de grandeurs antiques et de combats de libération modernes, des hommes et des femmes du peuple qui affrontent l'histoire et revendiquent fièrement le projet d'un monde juste. Rien de tel chez Pedro Costa : ni inscription du bidonville dans le paysage du capitalisme en mutation, ni instauration d'une scène propre à la grandeur collective. On dira qu'il témoigne d'une autre époque : immigrés cap-verdiens, petits blancs déclassés et jeunes marginaux ne composent plus rien qui ressemble au prolétariat, exploité et conquérant, qui était l'horizon de Rosi et reste celui de Straub. Leur mode de vie n'est plus tant celui d'exploités que de laissés de côté : les policiers même sont absents de leur univers, aussi bien que les combattants de la lutte sociale. Les seuls habitants du centre qui viennent quelquefois leur rendre visite sont des infirmières : et encore est-ce une fêlure intime qui les envoie s'y perdre, plutôt que des soins à apporter aux populations souffrantes. Et les habitants de Fontainhas vivent leur condition, à la manière que l'on stigmatisait aux temps brechtiens, comme un destin, dont ils discutent tout au plus pour savoir si c'est le ciel, leur choix ou leur faiblesse qui les y a soumis.

Que penser par ailleurs de la manière dont la caméra de Pedro Costa s'installe dans ces espaces ? À celui qui a choisi de parler de la misère, on enjoint habituellement de se souvenir qu'elle n'est pas un objet d'art. Et pourtant, Pedro Costa semble saisir toute occasion de la transformer en objet d'art. Une bouteille d'eau en plastique, un couteau, un verre, quelques objets qui traînent sur une table en bois blanc dans un appartement squatté, et voilà, avec une lumière qui vient raser son plateau, l'occasion d'une belle nature morte. Que le soir survienne dans ce logement sans électricité, et deux petites bougies sur la même table donneront à une conversation misérable ou à une séance de shoot une allure de clair-obscur hollandais du Siècle d'or. Le travail des pelleteuses est l'occasion de mettre en valeur, avec l'écroulement des maisons, des moignons de béton sculpturaux ou de larges pans contrastés de couleurs bleue, rose, jaune ou verte. La chambre où Vanda tousse à se déchirer la poitrine nous enchante de ses couleurs verdâtres d'aquarium où nous voyons même tournoyer moustiques et moucherons. À l'accusation d'esthétisme, on peut répondre que Pedro Costa a filmé les lieux comme ils étaient : les maisons des pauvres sont habituellement plus bariolées que celles des riches, leurs couleurs brutes sont plus agréables à l'œil de l'amateur d'art que l'esthétisme standard des décorations petites-bourgeoises, et, à l'époque de Rilke déjà, les maisons éventrées, présentaient en même temps aux poètes exilés un décor fantastique et la stratigraphie d'un mode d'habiter.

Il a filmé les lieux comme ils étaient, cela veut dire autre chose : après *Ossos*, il a renoncé à composer des décors pour raconter des histoires. Autrement dit, il a renoncé à exploiter la misère comme objet de fiction. Il s'est installé dans ces lieux pour y voir vivre leurs habitants, entendre leur parole, saisir leur secret. La caméra qui joue en virtuose avec les couleurs et les lumières fait corps avec la machine qui donne à leurs actes et à leurs paroles le temps de se déployer. Une telle réponse évidemment ne lave l'auteur du péché d'esthétisme qu'au prix de renforcer l'autre accusation : quelle politique est-ce là que celle qui se donne pour objectif d'enregistrer passivement la parole qui reflète elle-même passivement la misère du monde ?

Esthétisme indiscret ou populisme invétéré : il est aisé de placer les conversations dans la chambre de Vanda ou les tribulations de Ventura à l'intérieur de ce dilemme. Pourtant la méthode de Pedro Costa s'emploie strictement à faire exploser ce cadre, au sein d'une poétique autrement plus complexe d'échanges, de correspondances et de déplacements. Pour l'aborder, il vaut la peine de s'arrêter sur un épisode de *En avant, jeunesse !* qui pourrait résumer, en quelques « tableaux », l'esthétique de Pedro Costa et la politique de cette esthétique. Nous y entendons d'abord la voix de Ventura réciter une lettre d'amour tandis que la caméra se fixe sur un coin de mur gris que troue le rectangle blanc d'une fenêtre devant laquelle quatre bouteilles et leurs bouchons même composent une autre nature morte. Pressée par la voix de l'ami Lento, la récitation de Ventura se dissout lentement. Au plan suivant, changement de décor brutal : à la nature morte qui servait de décor à la récitation a succédé un autre rectangle – horizontal et frontal celui-là – prélevé sur une paroi plus sombre encore. Le cadre semble trouer de sa lumière propre le noir environnant qui pourtant gagne ses bords. Des couleurs assez semblables à celles des bouteilles y dessinent des arabesques où se laisse reconnaître la Sainte Famille fuyant vers l'Égypte avec une bonne cohorte d'anges. Annoncé par un bruit de pas, un personnage nous apparaît au plan suivant : Ventura adossé au mur entre le portrait d'Hélène Fourment exécuté par le peintre de *La Fuite en Égypte,* Rubens, et un *Portrait d'homme* de Van Dyck. Les trois œuvres sont célèbres et bien localisées : nous sommes dans les murs de la Fondation Gulbenkian. Ce n'est évidemment pas un édifice situé dans le quartier de Ventura. Rien dans le plan précédent n'annonçait cette visite. Rien dans le film n'indique que Ventura ait un goût pour la peinture. Cette fois donc le metteur en scène s'est résolument écarté des chemins de ses personnages. Il a transporté Ventura dans ce musée que la résonance des pas sur le sol et l'éclairage nocturne nous laissent supposer déserté de tous visiteurs et réquisitionné pour cette séquence. Le rapport des trois tableaux et de la « nature morte » cinématographique précédente, le rapport de la maison délabrée et du musée, mais aussi peut-être de la lettre d'amour et de l'accrochage pictural y composent donc un déplacement poétique bien spécifique, une *figure* qui, au sein du film, parle de l'art du cinéaste, de son rapport avec l'art des musées, du rapport que l'un et l'autre entretiennent avec le corps de son personnage, donc de la politique de l'un et de l'autre.

La politique de Pedro Costa, nous pouvons croire d'abord l'appréhender simplement. En un plan muet, un gardien, noir lui aussi, s'approche de Ventura et lui murmure quelque chose à l'oreille. Pendant que Ventura sort de la pièce, le gardien sort de sa poche un mouchoir et essuie la trace de ses pieds. Nous comprenons : Ventura est un intrus. Le gardien le lui dira plus tard : ce musée est un refuge, loin du vacarme des quartiers populaires et des supermarchés où il devait auparavant protéger les marchandises des voleurs ; un monde ancien et paisible, perturbé seulement lors qu'il y vient par hasard quelqu'un de leur monde à tous deux. Ventura l'attestait déjà par son attitude, en se laissant emmener sans résistance hors de la salle puis du musée lui-même, par l'escalier de service, mais aussi déjà par son regard, scrutant un énigmatique point de visée, apparemment situé bien au-dessus des tableaux. La politique de l'épisode serait de nous rappeler que les jouissances de l'art ne sont pas pour les prolétaires, plus précisément encore que les musées ne sont pas pour les ouvriers qui les ont construits. C'est ce qu'explicite dans les jardins de la Fondation le dialogue entre Ventura et l'employé du musée qui nous dit pourquoi Ventura est à sa place dans ce lieu où il est déplacé : avant il n'y avait là que broussailles et marais peuplés de grenouilles. C'est lui qui avec d'autres ouvriers a nettoyé la broussaille, terrassé, fait passer les canalisations, porté les matériaux, mis en place la statue du fondateur et semé l'herbe à ses pieds. C'est là aussi qu'il est tombé d'un échafaudage.

L'épisode serait donc comme une illustration du poème de Brecht demandant qui a bâti Thèbes aux sept portes et autres splendeurs architecturales. Ventura y représenterait tous ceux qui ont construit, au prix de leur santé et de leur vie, des édifices dont d'autres se réservent le prestige et la jouissance. Mais cette simple leçon ne justifierait pas que le musée soit désert, vide même de ceux qui jouissent du travail des Ventura. Elle ne justifierait pas que les séquences tournées à l'intérieur du musée soient entièrement silencieuses ; que la caméra s'attarde sur le béton des escaliers de service par lesquels le gardien reconduit Ventura ; qu'au silence du musée succède un long panoramique parmi les arbres, agrémenté de chants d'oiseaux, ni que Ventura raconte dans l'ordre son histoire, depuis le jour précis de son arrivée au Portugal, le 29 août 1972 et que la séquence s'arrête brutalement sur la désignation de ce point d'où Ventura nous dit être tombé jadis. Le rapport de l'art de Pedro Costa à celui du musée excède la simple démonstration de l'exploitation du travail au service de la jouissance esthète, autant que la figure de Ventura excède celle du travailleur dépouillé du fruit de son travail. La séquence s'inscrit dans un nœud bien plus complexe de rapports de réciprocité et de non-réciprocité.

Le musée, tout d'abord, n'est pas le lieu de la richesse artistique opposée au dénuement du travailleur. Les arabesques colorées de *La Fuite en Égypte* ne montrent aucune supériorité évidente sur le cadrage de la fenêtre et des quatre bouteilles du logement pauvre des deux ouvriers, et le cadre doré où elle s'enferme apparaît même comme un découpage de l'espace plus mesquin que la fenêtre de ce logement, une manière de frapper de nullité ce qui l'entoure, de rendre inintéressants les vibrations de la lumière dans l'espace, les contrastes de couleurs sur les murs et les bruits du dehors. Le musée est le lieu où l'art est enfermé dans un cadre sans transparence ni réciprocité. Lieu de l'art avare qui exclut le travailleur qui l'a construit, parce qu'il exclut d'abord ce qui vit de déplacements et d'échanges : la lumière, les formes et les couleurs mouvantes, aussi bien que les travailleurs venus de l'île de Santiago. C'est peut-être pour cela que le regard de Ventura se perd quelque part en direction du plafond. On pourrait penser qu'il vise déjà en pensée cet échafaudage d'où il est tombé. Mais on peut aussi penser à un autre regard vers l'angle d'un autre plafond, dans l'appartement neuf visité sous la conduite d'un autre frère du Cap-Vert, également assuré que Ventura n'était pas à sa place dans ce lieu qu'il réclamait pour une famille fictive, également soucieux d'effacer discrètement les traces de l'intrus dans ce lieu aseptisé. À son boniment, vantant les équipements socioculturels du quartier, Ventura n'avait opposé qu'un bras gauche majestueusement tendu vers le plafond et une phrase lapidaire « C'est plein d'araignées ». Ni le fonctionnaire municipal ni nous ne sommes en mesure de vérifier la présence des araignées au plafond. Peut-être est-ce Ventura qui a, comme l'on dit, « une araignée dans le plafond ». Et, à supposer même que ces insectes se promènent effectivement sur les murs du HLM, c'est là assurément peu de chose en regard de la lèpre qui ronge les murs du logement de son ami Lento ou de sa « fille » Bete, et sur lesquels justement il s'amuse à voir dessinées des figures fantastiques. À moins que le tort des murs blancs du logement HLM qui accueille le prolétaire, comme des murs sombres du musée qui le rejette, ne soit précisément de refouler ces figures aléatoires où l'imagination du prolétaire qui a traversé les mers, chassé les grenouilles du centre-ville et glissé de l'échafaudage peut s'égaler à celle de l'artiste Léonard de Vinci. L'art accroché au mur des musées n'est pas simplement ingrat à l'égard du bâtisseur de musées. Il est aussi avare à l'égard de la richesse sensible de son expérience comme de celle que la lumière fait briller dans les logis les plus misérables.

C'est ce que dit déjà le récit de Ventura racontant son départ du Cap-Vert le 29 août 1972, l'arrivée au Portugal, la transformation d'un marécage en fondation d'art et la chute. En mettant Ventura dans ce décor, Pedro Costa lui a aussi fait prendre un ton à la Straub, le ton de l'épopée des découvreurs d'un monde. Le problème alors n'est pas d'ouvrir les musées aux travailleurs qui les ont construits. Il est de faire un art à la hauteur de l'expérience de ces voyageurs, un art issu d'eux et qu'ils puissent partager en retour. C'est ce que nous enseigne, après la chute brutale du récit de Ventura, l'épisode suivant, construit comme un flash-back sur l'accident. Nous y voyons Ventura revenir tête bandée dans un baraquement de bois au plafond dévasté, s'asseoir accablé devant une table, réclamer impérieusement à Lento de venir jouer aux cartes et, tandis qu'il abat bruyamment carte après carte, reprendre la lecture de la lettre d'amour qu'il veut faire apprendre à Lento l'illettré.

Cette lettre, plusieurs fois récitée, sert de refrain au film. Elle nous parle d'une séparation et d'un travail sur les chantiers loin de l'aimée, mais aussi d'une rencontre prochaine, qui va embellir deux vies pour vingt ou trente ans, du rêve d'offrir à l'aimée cent mille cigarettes, des robes, une automobile, une petite maison de lave et un bouquet de quatre sous, et de l'effort pour apprendre chaque jour des mots nouveaux, des mots de beauté taillés à la seule mesure de deux êtres comme un pyjama de soie fine. Cette lettre, faite pour une seule personne, Ventura n'a personne à qui l'envoyer, mais elle est proprement sa performance artistique, celle qu'il voudrait faire partager à Lento, parce qu'elle est la performance d'un art du partage, d'un art qui ne se sépare pas de la vie, de l'expérience des déplacés comme de leurs moyens de combler l'absence et de se rapprocher de l'être aimé. Mais aussi bien elle n'appartient pas plus à Ventura qu'à ce film. Elle scandait déjà, plus discrètement, le film « fictionnel » dont *En avant, jeunesse!* est comme l'écho et le revers : *Casa de Lava*, l'histoire de l'infirmière partie au Cap-Vert pour accompagner Leao, un travailleur à la tête fracassée, comme celle de Ventura, sur un autre chantier.

La lettre apparaissait d'abord dans les papiers d'Edith, la métropolitaine exilée, partie à Santiago pour être proche de l'amant envoyé par le régime salazariste dans le camp de concentration de Tarrafal, restée là-bas après sa mort, adoptée, dans son égarement même, par la communauté noire qu'elle faisait vivre de sa pension et qui la remerciait en sérénades. La lettre d'amour semblait donc écrite par le condamné. Mais à l'hôpital, au chevet de Leao, Mariana la donnait à lire à la jeune Tina, la sœur du blessé, car elle était écrite en créole ; Tina s'appropriait la lettre qui, du même coup, devenait pour le spectateur une lettre envoyée non du camp de la mort, mais d'un chantier du Portugal, par Leao. Pourtant quand Leao, enfin sorti du coma, était questionné, sa réponse était péremptoire : comment aurait-il écrit une lettre d'amour ? Il ne savait pas plus lire qu'écrire. Du coup, la lettre n'était plus celle de personne en particulier ni adressée à personne en particulier ; elle apparaissait comme la lettre d'un de ces écrivains publics, également capables de mettre en formule les émotions amoureuses des illettrés et leurs requêtes administratives. Son message d'amour se perdait dans la grande transaction impersonnelle qui liait Edith au militant mort, comme au travailleur noir blessé mais aussi à la cuisine de l'ancienne cuisinière du camp ou à la musique du père et du frère de Leao, ceux dont Mariana avait partagé aussi le pain et la musique, qui ne voulaient pas aller voir Leao à l'hôpital mais refaisaient sa maison, la maison où il n'entrerait que sur ses deux jambes, tout en se préparant à partir eux-mêmes pour les chantiers du Portugal.

C'est de cette grande circulation entre l'ici et l'ailleurs, entre les militants métropolitains déportés et les travailleurs contraints à l'exil, entre les lettrés et les illettrés, les sages et les fous, que la lettre est tirée pour être donnée à dire à Ventura. Mais en prolongeant sa destinée, la lettre fait connaître son origine, et une autre circulation vient se greffer sur le trajet des émigrés. La lettre a été écrite par Pedro Costa en mélangeant deux sources : une lettre de travailleur immigré mais aussi la lettre d'un « véritable » écrivain, Robert Desnos, écrite soixante ans plus tôt depuis un autre camp, le camp de Flöha en Saxe, sur le chemin qui le menait à Terezin et à la mort. Ainsi le destin fictionnel de Leao et le destin réel de Ventura se trouvent-ils englobés dans le circuit qui lie l'exil ordinaire des travailleurs aux camps de la mort. Mais aussi l'art du pauvre, l'art des écrivains publics, et celui des grands poètes se trouvent-ils pris dans le même tissu : un art de la vie et du partage, un art du voyage et de la communication à l'usage de ceux dont la vie est de voyager, de vendre leur force de travail et de construire les maisons et les musées des autres, mais aussi de transporter leur expérience, leur musique, leur manière d'habiter et d'aimer, de lire sur les murs ou d'écouter les chants des oiseaux et des hommes.

L'attention à toutes les formes de beauté que peuvent présenter les demeures des pauvres comme l'écoute des paroles souvent anodines et répétitives, dans la chambre de Vanda ou dans l'appartement neuf où nous la retrouvons désintoxiquée, grossie et mère de famille, ne relèvent donc ni du formalisme esthétisant ni de la déférence populiste. Elles s'inscrivent dans une politique de l'art. Cette politique n'est plus celle qui mettait en spectacle l'état du monde pour appeler à la prise de conscience des structures de la domination et à la mobilisation des énergies. Ses modèles, elle les trouve dans la lettre d'amour de Ventura / Desnos ou dans la musique des parents de Leao : un art où la forme ne se sépare pas de la construction d'une relation sociale et de la mise en œuvre d'une capacité qui appartient à tous. Il ne s'agit pas du vieux rêve avant-gardiste de dissolution des formes de l'art dans les relations du monde nouveau. Il s'agit de marquer la proximité de l'art avec toutes les formes où s'affirme une capacité au partage ou une capacité partageable. La mise en valeur des verts de la chambre de Vanda ne se sépare pas de la tentative que font Vanda, Zita, Pedro ou Nurro pour mettre leur vie en examen et en reprendre ainsi possession. La nature morte lumineuse, composée avec une bouteille en plastique et quelques objets de récupération sur la table en bois blanc d'un squat est en harmonie avec l'entêtement du rouquin qui, malgré les protestations de ses camarades, nettoie avec son couteau les taches sur cette table vouée aux dents de la pelleteuse. Mais aussi, il faut faire en sorte que ce qui est prélevé de richesse sensible, de puissance de parole et de vision, sur la vie et le décor des vies précaires, leur soit rendu, soit mis à leur disposition, comme une musique dont ils puissent jouir ou une lettre d'amour dont ils puissent emprunter les termes pour leurs propres amours.

N'est-ce pas là ce qu'on peut attendre du cinéma, l'art populaire du XXe siècle, l'art qui a permis au plus grand nombre, à ceux qui ne passaient pas les portes des musées, de jouir de la splendeur d'un effet de lumière sur un décor ordinaire, de la poésie d'un tintement de verre ou d'une conversation banale au comptoir d'un bistrot quelconque ? Face à ceux qui le mettent dans la lignée des grands « formalistes », Bresson, Dreyer ou Tarkovski, Pedro Costa se réclame d'une tout autre lignée : Walsh, Tourneur ou d'autres plus modestes, anonymes auteurs de séries B, fabricants d'histoires bien formatées à budget serré pour le profit des firmes hollywoodiennes et qui n'en faisaient pas moins jouir les spectateurs des cinémas de quartier de la splendeur égale d'une montagne, d'un cheval ou d'un rocking-chair, sans aucune hiérarchie de valeur visuelle entre hommes, paysages, animaux ou objets. Le cinéma se révélait ainsi, au sein même d'un système de production tourné vers le seul profit des possédants, comme un art de l'égalité. Le problème, on le sait malheureusement, est que le capitalisme même n'est plus ce qu'il était : si Hollywood est toujours florissant, les cinémas de quartier n'existent plus, remplacés par les multiplex qui donnent à chaque public, sociologiquement déterminé, le type d'art formaté pour lui ; et, comme toutes les œuvres qui échappent à ce formatage, les films de Pedro Costa se voient d'emblée étiquetés comme films de festival, réservés à la jouissance exclusive d'une élite de cinéphiles et tendanciellement poussés vers l'espace du musée et des amateurs d'art.

De cela, bien sûr, Pedro Costa accuse l'état du monde, c'est-à-dire la domination nue du pouvoir de l'argent qui range dans la case des auteurs de « films pour cinéphiles » ceux qui s'attachent à rendre à tous la richesse d'expérience sensorielle disponible dans les vies les plus humbles. C'est le système qui fait une sorte de moine triste de celui qui veut un cinéma partageable comme la musique du violoniste cap-verdien ou la lettre commune au poète et à l'illettré. Il est bien vrai que la domination de l'argent tend à constituer aujourd'hui ce monde où l'égalité doit disparaître de l'organisation même du paysage sensible : toute richesse doit y apparaître séparée, attribuée à une catégorie de possédants ou de jouisseurs particuliers. Aux humbles le système envoie la menue monnaie de sa richesse, de son monde, formatée pour eux, séparée de la richesse sensorielle de leur propre expérience. Mais cette distribution du jeu n'est pas la seule raison qui brise la réciprocité et sépare le film de son monde. L'expérience des pauvres n'est pas seulement celle des déplacements et des échanges, des emprunts, des vols et des restitutions. Elle est aussi celle de la fêlure qui interrompt la justice des échanges et la circulation des expériences. Il y avait dans *Casa de Lava* le mutisme de Leao, sur son lit d'hôpital dont on ne savait plus s'il était la manifestation du coma traumatique ou le désir de ne plus retrouver le monde commun ; il y avait aussi la « folie » d'Edith, son « oubli » du Portugais et son enfermement dans la boisson et dans la langue créole. La mort du militant dans le camp salazariste et la blessure de l'immigré sur un chantier portugais instituaient au cœur de la circulation des corps, des soins, des paroles et des musiques, la dimension de l'inéchangeable, de l'irréparable. Il y avait, dans *Ossos*, le mutisme de Tina, son incapacité à savoir quoi faire de l'enfant entre ses bras, sinon l'emmener avec elle dans la mort. *En avant, jeunesse!* se trouve comme clivé entre deux logiques, deux régimes d'échange de la parole et de l'expérience. D'un côté, la caméra s'installe dans la nouvelle chambre de Vanda, une pièce blanche aseptisée, encombrée par un lit matrimonial au design de supermarché. Une Vanda assagie et épaissie y raconte sa nouvelle vie, la désintoxication, l'enfant, le mari méritant, les soucis de santé. De l'autre elle suit Ventura, souvent mutique, parlant quelquefois en ordres impérieux ou sentences lapidaires, perdu d'autres fois dans son récit ou dans la récitation de la lettre. Elle le campe comme un animal étrange, trop grand ou trop farouche pour le décor, le regard parfois fixe avec une lueur d'animal sauvage, plus souvent la tête courbée vers le sol ou tournée vers le haut : le regard d'un absent, d'un malade. Avec Ventura il ne s'agit pas de recueillir le témoignage d'une vie difficile, quitte à savoir comment, avec qui, sous quelle forme il faut la faire partager. Il s'agit d'affronter l'impartageable, la fêlure qui a séparé un individu de lui-même. Ventura est plus qu'un « travailleur immigré », un humble auquel il faudrait rendre sa dignité et la jouissance du monde qu'il a aidé à construire. Il est une sorte d'errant sublime, un personnage de tragédie qui interrompt de lui-même la communication et l'échange.

Avec le passage des murs lépreux, des décors colorés et des couleurs criardes du bidonville aux murs blancs des immeubles nouveaux, ces murs qui ne font plus écho aux paroles, un divorce semble s'être produit entre deux régimes d'expression. Même si Vanda se prête à jouer l'une des « filles » de Ventura, même si celui-ci s'assoit à sa table, converse dans sa chambre et y fait même occasionnellement du baby-sitting, la fêlure de Ventura vient jeter l'ombre de ce grand corps brisé, de ce grand corps déplacé sur la chronique de la vie réparée de Vanda et frapper de vanité son récit. Ce divorce peut se dire dans les termes d'une vieille querelle, résumée il y a plus de deux siècles dans la préface de *La Nouvelle Héloïse* : ces lettres familières sont-elles réelles ou fictives ?, demandait l'objecteur à l'écrivain Si elles sont réelles, ce sont des portraits. Aux portraits on ne demande que d'être fidèles au modèle, mais ils intéressent peu de monde en dehors de la famille. Les « tableaux imaginaires », en revanche, intéressent le public, mais il leur faut pour cela ressembler non plus à quelque individu particulier mais à l'être humain. Pedro Costa dit les choses autrement : de la patience de la caméra qui vient filmer tous les jours mécaniquement les mots, les gestes et les pas, non plus pour « faire des films » mais comme un exercice d'approche du secret de l'autre, doit naître sur l'écran une tierce figure, une figure qui n'est plus ni l'auteur ni Vanda ou Ventura, un personnage qui est et n'est pas étranger à nos vies.

Mais ce surgissement de l'impersonnel est pris à son tour dans la disjonction : difficile au troisième personnage d'échapper au choix d'être le portrait de Vanda, enfermé dans le cercle de famille des identifications sociales, ou le tableau de Ventura, le tableau de la fêlure et de l'énigme qui frappe de futilité les portraits de famille et les chroniques familières. Un des natifs de Tarrafal le dit à Mariana, l'infirmière de bonne volonté : elle n'a pas, elle, la tête brisée. La fêlure partage l'expérience en deux : le partageable et l'impartageable. L'écran où doit apparaître le troisième personnage est tendu entre ces deux expériences, tendu entre le récit des vies, au risque de la platitude, et l'affrontement de la fêlure, au risque de la fuite infinie. Le cinéma ne peut pas être l'équivalent de la lettre d'amour ou de la musique des pauvres. Il ne peut plus être l'art qui simplement rend aux humbles la richesse sensible de leur monde. Il lui faut se séparer, consentir à n'être que la surface où cherche à se chiffrer en figures nouvelles l'expérience de ceux qui ont été relégués à la marge des circulations économiques et des trajectoires sociales. Il faut que cette surface accueille la scission qui sépare le portrait et le tableau, la chronique et la tragédie, la réciprocité et la fêlure. Un art doit se faire à la place d'un autre. La grandeur de Pedro Costa est d'accepter et de refuser en même temps cette altération, de faire en même temps le cinéma du possible et celui de l'impossible.

2. Les Chambres du cinéaste

Qui voit *Où gît votre sourire enfoui?* après *Dans la chambre de Vanda* ressentira bien sûr d'abord les homologies qui traduisent le style de Pedro Costa. Un même lieu clos, une même tonalité vert d'eau, une même dominante de pénombre semblablement trouée par trois rectangles ou cercles de lumière : une porte, sur le côté droit, ouvrant sur un couloir ; un écran de télévision au fond – meuble familial chez la mère de Vanda, où nous discernons vaguement un tour de chant ou un paysage marin ; moniteur de travail dans le studio du Fresnoy où s'inscrivent les images de *Sicilia!* dont Danièle Huillet opère le montage ; un halo de lumière enfin : lampe de travail dans le studio fonctionnel ou lueur vacillante de bougies dans l'appartement squatté. Deux personnages le plus souvent suffisent à occuper l'espace ainsi resserré. Il est même fréquent que l'un d'entre eux – masculin le plus souvent – n'y figure que par sa voix tandis que l'autre – ordinairement féminin – s'occupe avec ses mains : Vanda prépare la drogue ou Zita fait des écheveaux pendant que Nurro ou Pedro racontent leur déréliction ; Danièle Huillet porte les bobines, fait défiler les images, colle la pellicule pendant que Jean-Marie Straub entre et sort de la pièce en enchaînant professions de foi sur le cinéma et anecdotes significatives. Une même énergie engagée dans un geste infime, une parole qui, à l'inverse, s'installe également dans le ressassement interminable. Dans les deux cas l'histoire se ramène à des gestes et à des paroles, infiniment réitérables et en même temps happés par la fin proche : l'achèvement du film des Straub sur l'appel aux armes du rémouleur ou l'achèvement du travail des pelleteuses qui démolissent le quartier de Vanda.

Reste à savoir comment cette ressemblance à soi permet de rendre compte du travail d'un autre ? Comment la poétique de la chambre peut-elle parler de ce film dans le film, ce film objet du film, qui s'appelle *Sicilia!* ? Si les images télé flottent à l'aise dans la salle commune de la maison de Vanda, entre les cageots de légumes, le canapé de skaï rouge et la machine à laver, est-ce au même régime que peuvent être vus les photogrammes de *Sicilia!* sur le moniteur du studio ? Ce film assurément est un hommage et l'on voit bien ce qui lie Pedro Costa à ses aînés : la même affirmation d'un art matérialiste, un art du temps, des gestes et des paroles, insoucieux de raconter des histoires et excluant la « soupe » musicale qui fait généralement tenir les films, à défaut d'idée et de travail sur la forme ; un art ancré également dans une conscience politique qui ne se résigne pas à l'ordre du monde. Mais, une fois cela posé, comment ne pas ressentir, en voyant les morceaux de *Sicilia!* dont le montage donne au film de Pedro Costa son « sujet », tout ce qui sépare les deux manières de faire ? Des deux côtés, sans doute, le cinéma construit des huis-clos, libérés de ces situations et événements, actions et sentiments qui font la matière ordinaire des films. Mais est-ce la même logique qui assemble les paroles et les gestes dont la matérialité constitue la texture du film ? On ne cesse de parler dans la chambre de Vanda comme dans *Sicilia!* ou dans *Operai, Contadini*. Mais cette parole, proférée par des corps couchés sur des lits ou affalés sur des chaises, coupée par la toux ou assourdie en plainte à peine audible, parasitée par les éclats de voix de l'autre côté de cloisons toujours trop minces ou perturbée par les bruits de la pelleteuse, est la parole d'un état, l'état de ceux qui vivent entre le murmure incessant de la vie anonyme et le silence d'une condition immuable. La chambre close est toujours une chambre poreuse, la voix est dévorée par la vie qu'elle module. La matérialité de la parole est celle de la respiration difficile, de l'aphasie qui gagne les voix comme l'apraxie gagne les petites actions, comme le vert d'eau de ces chambres-aquariums où les moustiques pullulent comme autour des mares, absorbe les corps pendant que le bras de la pelleteuse dévore, une à une, les maisons marquées d'une croix jaune. L'art de Pedro Costa épouse cet épuisement des corps mangés par la couleur glauque, ce continuum que les voix individualisées du champ font avec les voix indistinctes du hors-champ et la rumeur diffuse de la vie pauvre. Sa méticulosité s'accorde avec l'entêtement de l'obsessionnel qui gratte inlassablement la saleté sur la table qu'il va abandonner aux démolisseurs, parce qu'il aime les choses rangées. Son sens de la couleur se plait au vert rompu des chambres-aquariums comme au bleu ou au rose francs des pans de murs à nu des maisons éventrées, son sens de la lumière au brasero allumé pour faire la cuisine sur la voie publique et autour duquel tournent les enfants, comme à ces petites bougies qui donnent à la chambre des squatters en train de préparer leur shoot dans un taudis sans électricité l'intimité chaleureuse des intérieurs hollandais du Siècle d'or.

Non qu'il se complaise en esthète au spectacle de la misère et des vies perdues. Rien chez Pedro Costa ne rappelle la complicité de l'art d'un Bruno Dumont avec la vision d'une humanité animale, ramenée au grondement originel ou à l'aphasie finale. Mais son cinéma se loge naturellement dans ces intermondes où l'anonymat de l'art rejoint l'anonymat de la vie. Il s'inscrit dans cette tradition qui remonte au roman réaliste et qu'ont poursuivie les révolutions de la peinture comme les découvertes de la photographie et du cinéma. Cette tradition annule l'inégale dignité des sujets et des actions par la puissance égale de la phrase, de la couleur et de la lumière. Elle fait voir sur un pan de mur à la fois les signes d'une histoire et la splendeur nue de la chose désaffectée, rendue à la grande égalité des choses sans raison.

Rien de plus opposé en apparence à cette poétique que la conception et le dispositif des Straub. Le huis-clos qu'ils organisent enferme les personnages non dans le décor de la vie anonyme mais dans la puissance d'un texte littéraire. À l'égalité de la couleur picturale ou de la phrase romanesque qui absorbent la singularité des figures, ils opposent fermement les différences de la parole poétique ou théâtrale qui les statufie : même lorsqu'ils « adaptent » Vittorini, au lieu de Brecht, Corneille ou Hölderlin, c'est au prix de soustraire les épisodes et les paroles au continuum romanesque, de les ramener à des échanges dramatiques ou à des affirmations lyriques. La parole, chez eux, n'épouse pas le mode dépersonnalisé du récit : le « grand lombard » ici déclare, à la première personne, cette possession de terres, de cavales et de trois belles filles que le narrateur, chez Vittorini, rapportait au style indirect. La parole ne décrit pas, elle ne traduit pas non plus un état. Délibérément surarticulée, proférée par des corps dressés, sur une scène où la lumière sculpte exactement les corps et leurs ombres, où les éléments sont comme pris à témoins, la parole est un acte. Toujours elle affirme : un argument dans une querelle dialectique, une vérité de fait face à un enquêteur, un doute à l'égard d'une affirmation, la fierté d'une vie face à un témoin compatissant ou à un juge supposé. Dans tous les cas, c'est un corps qui y prend âme, qui y affirme sa dignité. L'égalité straubienne n'est pas celle du fond qui absorbe ou de la couleur qui glorifie, elle est celle du mouvement par lequel un corps se dresse pour s'approprier la parole, pour affirmer, à travers la maîtrise de ce que la langue a de plus relevé, la capacité d'action et la puissance de pensée de ceux qu'on appelle les dominés.

Aucune chance par exemple que figure sur l'écran de *Sicilia!* l'épilogue de *Conversation en Sicile* qui nous montre la mère lavant les pieds du mari volage, rentré à l'état de loque humaine au domicile conjugal. Seule restera pour nous l'image de la femme fière, méprisant ce mari geignard et sentimental, qui avait besoin de traiter ses maîtresses en reines de poésie ou évoquant la gloire d'un père socialiste conduisant la cavalcade de saint Joseph. Nous sentons ici sa parole monter en puissance, en évoquant le faste de cette cavalcade face à une fenêtre qui regarde la gloire des cavaliers d'hier et du soleil de toujours, le dos tourné à cet ignorant de fils qui a oublié, sur les circuits modernes du travail salarié, qu'une cavalcade est une affaire de chevaux et non de prêtres et qu'au surplus, un grand homme du peuple est un homme qui a assez de place dans sa pensée pour y loger ensemble le socialisme et saint Joseph. Ôter la cavalcade aux prêtres pour la rendre, par la médiation des chevaux, aux hommes du peuple fiers, tel est en somme le programme esthétique et politique des Straub. Ce programme est ici redoublé par le choix de confier le texte à des non professionnels qui découvrent à travers lui, et la littérature et leur propre puissance de parole.

La fierté affirmée de la mère s'accorde ainsi exactement avec l'attention du cinéaste aux infimes détails par lesquels s'affirme la puissance de la parole, par exemple la prononciation d'un *n* (le « non si ve*n*dono » du vendeur d'oranges sans client). Affaire de chevaux, non de prêtres – avec l'accent tonique sur *co*sa et non sur *pre*ti –, cela veut dire: il n'y a que de l'actuel, que de l'idée devenue forme, que de la parole affirmée et exprimant la puissance d'un corps. L'éthique du personnage qui affirme la grande noblesse du matérialisme populaire s'accorde ainsi exactement avec le programme – esthétique et politique – d'un art matérialiste. Mais ce matérialisme peut-être a légèrement changé de sens. La dialectique marxienne, naguère accomplie en éducation brechtienne aux lois cachées de l'oppression et aux paradoxes de l'action révolutionnaire, tend à faire retour vers l'immanence feuerbachienne du divin aux gestes et aux paroles de la vie simple. La référence même à Vertov marque l'écart par rapport à la tradition dialectique du montage: ce qui compte dans *Sicilia!*, c'est moins la puissance de la liaison qui donne vie aux fragments de pellicule morts, que l'effort pour saisir, à un photogramme près, la force positive de ce qu'on appelait jadis l'« instant prégnant », celui où s'affirme la puissance d'un corps. Du même coup, la tension dialectique d'antan entre la forme et le contenu (les acteurs en toges de sénateurs romains de *Leçons d'histoire,* discutant devant les hortensias d'un jardin d'aujourd'hui les affaires de Monsieur Jules César) tend à céder la place à un accord lyrique entre la forme – la souveraineté de l'actuel, du geste et de l'articulation exacts –, le représenté – la positivité de la vie populaire, de ses actes quotidiens et de ses parades glorieuses – et le message: le communisme comme « défense de la terre », revenu des orgueils de la conquête ouvrière vers la puissance paysanne des gestes accordés aux pulsations de la nature, et des enchantements de la dialectique à la reconsidération de la force immémoriale des mythes.

Tout se passe alors comme si la poétique de la chambre venait remettre de la dialectique dans le dispositif des Straub. Une dialectique assurément différente de celle qui triomphait dans *Leçons d'histoire,* et que l'on pourrait qualifier d'un terme emprunté à Althusser : dialectique à la cantonade. Cette expression, Althusser l'avait forgée pour parler de la mise en scène réalisée par Giorgio Strehler pour *El Nost Milan* de Bertolazzi. Elle qualifiait pour lui cette « histoire » dérisoire d'honneur perdu et vengé qui se déroulait dans les marges de la représentation d'un sous-prolétariat enfoncé dans l'inertie d'une vie répétitive. La force de la mise en scène de Strehler était selon lui d'avoir mis en évidence le déphasage de cette dialectique à la cantonade, par rapport à la dialectique effective des rapports sociaux historiques, productrice de cette vie « sans histoire ». Or c'est bien une autre forme de « dialectique à la cantonade » que nous présente cette dramaturgie de scène de ménage qui habite le studio fonctionnel, ces allers et retours d'un Straub désœuvré, mis à la porte par Danièle Huillet, et proférant, souvent dans la pénombre, de dos, hors champ, ou bien devant les fauteuils vides de la salle de projection, des propos qui mêlent des idées générales sur l'art ou le monde à des mouvements d'humeur et à des plaisanteries ou allusions parfois opaques. Mais ce n'est plus la « mauvaise » dialectique de la belle âme qui s'oppose à la dialectique effective de la lutte des classes et de sa compréhension théorique. C'est la « bonne » dialectique marxiste qui s'oppose à elle-même dans la scène de ménage théorique que fixe la caméra de Pedro Costa : l'art des Straub y est comme divisé en deux : d'un côté la « concentration » de la monteuse, tenant la pellicule en main, les yeux fixés sur les photogrammes ; de l'autre, la dissipation du metteur en scène, donnant sur les coupes à opérer des avis sèchement renvoyés à la vanité de la parole (ça c'est de la théorie ; dans la pratique, il s'agit de savoir où on coupe…), et se vengeant de ces rebuffades par des déclarations expéditives ou des plaisanteries adressées au vide du couloir.

Bien sûr la scène de ménage est une comédie. Le metteur en scène envoyé à la porte et la monteuse concentrée sur son travail sérieux sont complices. Ils font le même travail. Mais, dans la chambre du cinéaste, ce travail se divise en deux : il doit se perdre d'un côté dans la logorrhée du grincheux pour s'effectuer de l'autre dans la bonne coupe qui met en valeur la prononciation d'un *n*, la flexion d'un poignet ou le sourire incrédule des yeux qui affecte – qui affecterait, ils ne sont pas d'accord là-dessus – l'énoncé d'un *davvero* ? Le visible et la parole que la bonne dialectique disjoignait pour éduquer la vigilance de la pensée, que le lyrisme nouveau de la grandeur populaire tendait à rendre conformes l'un à l'autre, viennent ainsi se séparer à nouveau. Mais cette séparation elle-même s'entend de deux manières. Dans la chambre de Pedro Costa, le geste précis de la monteuse semble condamner le discours de l'œuvre au bavardage, le rapprocher de la parole vide, par exemple du soliloque de ce Nurro qui ne cesse de dire, fixé à sa chaise, qu'il doit absolument faire quelque chose. Mais à l'inverse, la mise en scène de la chambre réintègre l'écart du commentaire dans la nécessité de l'œuvre. Il n'y a pas de travail précis pour faire parler les corps qui ne s'enlève sur le grand bavardage du monde. La rigueur de l'œuvre est toujours l'autre face d'un désœuvrement de la parole. L'art du cinéaste des corps désœuvrés et des villes en démolition est de tracer cette fragile ligne de partage qu'effacent dans leur travail les cinéastes des corps érigés et de la parole fière.

Ce « désœuvrement » introduit dans le studio fonctionnel où les dialecticiens s'emploient à fixer le moment exact où la signification investit les corps permet peut-être, en retour, de voir autrement ce qui se passe dans la chambre de Vanda, comme dans celle de ses sœurs, la Tina d'*Ossos* ou l'infirmière de *Casa de Lava*. Il ne s'agit pas seulement de constater que Pedro Costa aussi s'emploie à construire, à couper et à monter, loin de toute complaisance envers l'expression de la « vie comme elle est ». Il s'agit de ressentir comment il introduit, dans la chronique d'un univers en démolition, quelque chose de l'héroïsme des attitudes straubiennes. La chambre de Vanda et les ruelles du quartier

en démolition sont aussi le théâtre d'une activité incessante
– bricolage de lieux où vivre, vente de salade ou de fleurs, trafic
d'oiseaux ou de cuillers volés – ne serait-ce que pour payer la
dose du jour ; elles sont le théâtre d'une parole qui n'est pas
simple plainte mais débat aussi pour savoir si la vie est ou non
celle que l'on a choisie. Elle débat à côté, sans doute, mais c'est
le destin normal de la parole que de toujours être à côté, en sup-
plément du visible, en décalage de l'action. Remettre en flotte-
ment la trop belle adéquation sur l'écran straubien des paroles de
l'écrivain et des gestes de la ménagère, c'est, à l'inverse, remettre
de la tension dans la complicité toujours menaçante entre la
magnificence anonyme, non voulue, de l'art et la représentation
d'une vie qui s'enfonce dans le néant du vouloir, de l'action
et de la parole.

C'est ce que peut nous montrer une scène de cuisine apparemment bien éloignée de l'idylle construite autour de la chemi-
née où la mère fière fait cuire son hareng. Il y a dans *Ossos* une
étrange séquence qui semble s'achever en gag : Tina, la jeune
mère accablée et mutique, comme prise d'une subite résolution,
traîne la bouteille de gaz auprès du canapé où repose le nou-
veau-né ; elle s'en va ensuite tirer de son lit et traîner de même
aux côtés de la bouteille le père inconscient. La caméra nous
laisse devant ces trois corps affalés, apparemment voués à périr
ensemble puis raccorde sur un matin où rien ne se sera passé
sans que ce rien ne soit jamais expliqué. Libre à nous d'imaginer
que, comme dans ces pendaisons burlesques où le poids du corps
fait écrouler la poutre pourrie, le gaz même a manqué à celle que
son dénuement poussait à vouloir quitter la vie. L'essentiel est
ailleurs : il est dans l'accord qui s'établit entre la force inattendue
des gestes de Tina et les ruptures de causalité que s'autorise
l'art ; dans l'écart ainsi creusé entre deux « absences de raisons » ;
entre la logique d'un état de survie et la logique des gestes que
le cinéma invente et enregistre pour nous parler de cet état, pour
le délier de toute nécessité et le rendre à la contingence de ce qui
pourrait aussi bien ne pas être. La bouteille de gaz de la misère
suburbaine sans phrase communique alors, dans la même

indécision – c'est-à-dire la même exigence de décider à l'égard des « offenses » faites au monde – avec les couteaux et ciseaux, piques et arquebuses réclamés par le repasseur de lames villageois. Ainsi la chambre des vies démolies et celle de l'art construit se réfléchissent-elles l'une dans l'autre.

3. La Lettre de Ventura

Un changement de dimensions : ainsi pourrait-on résumer la nouveauté de cet *En avant, jeunesse !* qui est le troisième et le plus beau film de la trilogie consacrée par Pedro Costa aux habitants du bidonville, aujourd'hui rasé, de Fontainhas. Au début, il y a des hautes murailles d'un gris métallique brillant dans la pénombre. Par une fenêtre, nous voyons passer des objets qui vont s'écraser sur le sol. Au plan suivant, une femme est devant nous, image de furie antique, tenant un couteau qui semble aussi faire office de torche dans l'obscurité. Elle parle, comme on récite un monologue, pour dire comment, toute gamine, au Cap-Vert, elle se jetait à l'eau sans craindre les requins et sans répondre à ces garçons qui lui parlaient d'amour prudemment depuis le rivage. Les deux séquences trouveront ensuite leur « explication » : la femme, Clotilde, a mis à la porte son mari, l'ancien maçon Ventura, et jeté ses meubles par la fenêtre. Mais l'essentiel n'est pas là. Il est dans l'espace construit par cette ouverture, par la tonalité qu'elle donne à l'histoire. Nous sommes apparemment très loin de l'espace et des personnages de *Dans la chambre de Vanda*. La caméra se faufilait alors dans le dédale des rues, elle se logeait dans les angles de chambres étroites et se tenait à la hauteur de ces personnages à demi-asphyxiés qui débattaient de leur vie entre deux prises de drogue. Ici l'espace s'est ouvert, la caméra s'est dirigée vers le haut de cet immeuble qui ressemble aux murailles de quelque forteresse antique ou médiévale et d'où surgit cette femme à l'allure sauvage, à la parole noble et à la diction de théâtre qui nous évoque Clytemnestre ou Médée. *Ossos* et *Dans la chambre de Vanda* nous présentaient des jeunes marginaux arrangeant leur vie au jour le jour. *En avant, jeunesse !* tourne autour de deux figures mythologiques, venues de loin et du fond des âges : c'est d'abord, Clotilde que nous ne reverrons plus, mais qui continuera à habiter le discours de l'époux chassé, demandant un logement approprié à sa nombreuse famille, et racontant plus tard à sa «fille» Bete comment il a apprivoisé la sauvageonne un jour de fête de l'indépendance où elle chantait (faux) un hymne à la liberté; c'est ensuite Ventura, figure de seigneur déchu, exilé de sa royauté africaine, rendu inapte au travail par une blessure et à la vie sociale par une fêlure de l'esprit, sorte d'errant sublime, entre Œdipe et Lear, mais aussi entre Tom Joad et Ethan Edwards.

La tragédie a ainsi envahi le terrain de la chronique. *Dans la chambre de Vanda* luttait, plan après plan, pour dégager le potentiel poétique du décor sordide et de la parole étouffée de vies atrophiées, pour faire coïncider, au-delà de toute esthétisation de la misère, les possibilités esthétiques d'un espace et les capacités des individus les plus déclassés à ressaisir leur propre destin. L'image emblématique en était offerte par cet épisode où l'un des trois squatters s'obstinait, par souci esthétique, à gratter de son couteau les taches d'une table promise aux mâchoires des engins de démolition. La figure de Ventura, elle, résout d'emblée le problème. Aucune misère que la caméra aurait pour tâche de hisser au-delà d'elle-même. Entre la caméra et Vanda, mère de famille en cure de désintoxication, ou Nurro devenu un employé honorable, vient s'interposer Ventura, figure de destin tragique que rien ne peut réconcilier avec les murs blancs des logements neufs et les images des feuilletons télévisés. Ventura n'est pas un chômeur handicapé dont nous suivrions la difficile réinsertion, mais un prince en exil qui refuse justement toute réhabilitation «sociale». Deux épisodes du film, deux incursions de Ventura en un espace où il est déplacé, deux confrontations avec des frères de peau qui ont joué le jeu de l'intégration, en donnent l'illustration frappante. C'est d'abord la visite de l'appartement neuf où l'employé de l'office municipal, devant la fenêtre, énumère les avantages que les équipements sportifs et culturels du quartier procureront à la «femme» et aux «enfants» de Ventura. Ventura, silhouette noire de dos au premier plan, lève lentement un bras majestueux en direction du plafond:

«il y a plein d'araignées», dit-il simplement. En un seul geste le rapport entre le gestionnaire du logement social et son obligé s'est inversé. L'ancien maçon a rassemblé dans son attitude les deux sciences que la tradition séparait: l'art des moyens, l'art mécanique du constructeur d'édifices, et l'art des fins, l'art de celui qui sait comment habiter les édifices. Aux murs blancs inhabitables que la télévision de Vanda emplit de sa rumeur continue s'opposent les murs gris de cette maison du taudis où Bete – celle qui n'est pas encore relogée – et Ventura, la tête sur les genoux de sa «fille», interprètent les dessins fantastiques que les aléas de l'habiter et la moisissure même du bâtiment ont tracés: l'art d'habiter des pauvres s'y révèle frère de cette lecture des figures aléatoires que célébrait le peintre par excellence, Léonard de Vinci.

Ce rapport du grand art et de l'art de vivre des pauvres, c'est tout le sujet du film. Il trouve son illustration spectaculaire dans un autre épisode, la visite au musée, pour autant que nous puissions parler de visite: le film nous transporte en effet sans transition narrative dans une salle de la Fondation Gulbenkian où Ventura est déjà là, appuyé au mur, entre le *Portrait d'Hélène Fourment* de Rubens et un *Portrait d'homme* de Van Dyck. Silencieusement un employé du musée, noir comme l'employé de la mairie, vient faire signe à Ventura de sortir, avant de prendre un mouchoir et d'effacer la trace de l'intrus sur le sol, comme l'employé du logement l'avait fait déjà pour la trace de sa tête contre le mur blanc de l'appartement neuf. Plus tard il récupèrera Ventura, assis méditatif sur un canapé Louis XVI, et le fera sortir, toujours en silence, par la porte de service. L'employé est content de son travail: rien à voir avec la faune cosmopolite et chapardeuse des hypermarchés. Ici, dit-il sobrement à Ventura, on a la paix, sauf quand des gens comme nous y viennent, ce qui est rare. Ventura ne relève pas ses propos. Assis au-dessus de lui, sans le regarder, sur le fond des arbres du jardin, il parle du pays d'où il vient, du marécage qui était là avant et des grenouilles qui pullulaient dans ce terrain qu'il a creusé et assaini, et où il posé dallage et gazon, avant que de son geste impérial de la main il ne désigne l'endroit d'où il est un jour tombé de l'échafaudage. Il ne s'agit pas d'opposer la sueur et les douleurs des constructeurs de musées à la jouissance esthétique des riches. Il s'agit de confronter histoire à histoire, espace à espace et parole à parole. Le traitement de la parole fait en effet rupture avec les deux films précédents. La fiction d'*Ossos* était sous le signe d'un certain mutisme, celui de Tina la jeune mère dépassée par la vie qu'elle avait transmise. *Dans la chambre de Vanda* adoptait, avec l'allure du documentaire, le ton de la conversation entre quatre murs. *En avant, jeunesse!* installe des plages de silence entre deux régimes bien distincts de parole. D'un côté, il y a la conversation qui se poursuit dans la nouvelle chambre de Vanda, la chambre de la mère de famille épaissie et «embourgeoisée», encombrée par ce lit matrimonial au design de supermarché, occupée en continu par le bruit de cette télévision dont nous ne voyons pas l'écran. Vanda y raconte son difficile retour à la norme sur le même ton familier qu'avant. Ventura, lui, ne converse pas. Tantôt, il se tait, imposant soit la seule masse sombre de sa silhouette, soit la force d'un regard qui peut-être juge ce qu'il voit, peut-être va se perdre ailleurs mais qui, en tout cas, résiste à toute interprétation. La parole qui émerge de ce silence, qui semble s'en nourrir, varie, elle, entre la formule lapidaire, semblable à une épitaphe ou à un hémistiche de tragédie et la diction lyrique. C'est sur ce mode qu'il évoque, dans le dos d'un interlocuteur qu'il ne regarde pas, ce départ du Cap-Vert dans un gros avion le 29 août 1972 qui nous rappelle un autre départ, le départ d'un poète et de ses deux amis dans une petite auto, le 31 du mois d'août 1914.

En entendant cette parole bien apprise qui semble émaner directement du fond d'un être et de son histoire, plutôt que des lèvres d'un parleur, il est difficile de ne pas songer à l'art de ces cinéastes auxquels Pedro Costa a consacré un film, Danièle Huillet et Jean-Marie Straub. Ceux-ci transformaient en partition d'oratorio les récits de Vittorini pour les mettre dans la bouche d'hommes du peuple fiers qui, en scandant le texte sans regarder aucun interlocuteur, attestaient la capacité identique des pauvres à l'œuvre des mains habiles, au langage noble et à la construction d'un nouveau monde commun. On sent ici, plus que dans tout autre film de Pedro Costa, l'écho de la leçon de cinéma des Straub. Le film pourtant présente un dispositif d'ensemble hétéroclite au regard de la poétique et de la politique straubiennes. La noblesse des vies quelconques s'y dit sur deux modes différents : d'une part le mode conversationnel de la chambre de Vanda, d'autre part le mode «littéraire» convenant à cet espace mythique que tracent les déambulations de Ventura entre le taudis et les logements neufs, entre le passé et le présent, l'Afrique et le Portugal. Mais la grande parole dont Ventura a le monopole, au prix parfois d'écraser un peu Vanda et sa conversation, est elle-même construite sur le mode du patchwork. C'est ce qu'atteste le superbe épisode à variations de la lettre qui donne au film son refrain : une lettre adressée par l'émigré à celle qui est restée au pays, qui dit à la fois le quotidien des travaux ou des souffrances et l'amour qui promet à l'aimée cent mille cigarettes, une automobile, une douzaine de robes et un bouquet de quatre sous. Cette lettre, Ventura en module différemment la récitation pour l'apprendre à Lento, l'illettré. Tantôt il la prononce comme perdu dans sa rêverie, d'autres fois au contraire avec l'autorité du professeur qui martèle les mots qu'il faut faire entrer dans une tête rétive. En un sens, c'est toute la propriété de Ventura, la grandeur littéraire de l'autodidacte qui «chaque jour apprend de nouveaux mots, de beaux mots, rien que pour nous deux, juste à notre mesure, comme un pyjama de soie fine». Or Pedro Costa l'a composée en fait à partir de deux sources différentes : des vraies lettres d'émigrés – semblables à celles dont il s'était fait jadis le facteur et qui lui avaient donné accès à Fontainhas – et une lettre de poète, l'une des dernières lettres envoyées par Robert Desnos à Youki depuis le camp de Flöha. La parole du poète français mort à Terezin se fond avec celle des lettrés de l'immigration pour composer une partition du même genre que celle taillée par Danièle Huillet et Jean-Marie Straub dans les textes de Vittorini. Lento refusera toujours d'apprendre la lettre. Et pourtant, il prendra l'initiative de la réciter dans ce logement dévasté par l'incendie où Ventura, le fou, le seigneur, mettra, toujours sans le regarder, sa main tendue dans la sienne et lui accordera la dignité tragique, le droit de pleurer sur les malheurs de son ami, comme son ami pleure sur les siens.

La différence de poétique est aussi une différence de politique. Pour affirmer une dignité politique des hommes du peuple identique à leur dignité esthétique, les Straub ont congédié la misère quotidienne des soucis et des propos. Leurs ouvriers et paysans nous offrent en direct, devant les seules puissances de la nature et du mythe, quelques heures de communisme, quelques d'heures d'égalité sensible. Mais Ventura, malgré le titre entraînant du film, ne propose aucun communisme, passé, présent ou à venir. Il reste jusqu'au bout l'Étranger, celui qui vient de loin afin d'attester la possibilité pour chaque être d'avoir un destin et d'être égal à son destin. Dans les films-Vittorini des Straub, la querelle dialectique et la capacité lyrique se fondaient finalement dans l'épopée collective d'un communisme éternel. Chez Pedro Costa il n'y a pas d'unité épique : le souci politique ne peut, pour chanter la gloire commune, s'arracher à l'enfantement laborieux des vies quelconques. La capacité des pauvres reste écartelée entre la conversation familière de Vanda et le soliloque tragique de Ventura. Ni lointains ouverts d'aventure commune ni poing fermé de rebelle irréconciliée pour conclure *En avant, jeunesse!* Le film s'achève, comme en pirouette, dans la chambre de Vanda où Ventura, l'homme qui s'invente des enfants, est commis au rôle de baby-sitter, sans qu'on sache bien si c'est lui qui garde la petite fille de Vanda ou l'enfant qui veille sur le repos de l'homme brisé. La foi dans l'art qui atteste la grandeur du pauvre – la grandeur de l'homme quelconque – brille ici plus que jamais. Mais non plus celle qui l'assimile à l'affirmation d'un salut. C'est de ce côté, peut-être, qu'est passée l'irréconciliation dont Pedro Costa est aujourd'hui le premier poète.

4. *Cavalo Dinheiro*

À chaque nouveau film de Pedro Costa, il semble que le cinéaste livre un peu plus les clefs de son travail, en nouant toujours plus fortement ses présupposés formels avec sa provocation politique. Le début de *En avant, jeunesse!* substituait au ton de la conversation en chambre de *Dans la chambre de Vanda* celui de la déclamation tragique. *Cavalo Dinheiro* commence silencieusement par un défilé de photos en noir et blanc. Un décor de misère que l'on identifie aisément : celui des *tenements* de New York, photographié à la fin du dix-neuvième siècle par un photographe préoccupé des questions sociales et souvent accusé pour cela de « misérabilisme », Jacob Riis. Faut-il penser que c'est pour Pedro Costa, souvent accusé à l'inverse d'esthétiser la misère, une occasion de revendiquer une tradition d'engagement militant ? Ou bien une manière d'illustrer la thèse rageuse que les conditions de vie de « l'autre moitié du monde », plus d'un siècle après, ressemblent toujours à cela ? Le spectateur pourtant ressent un trouble un peu différent. Ces photographies de rues étroites, de baraques chancelantes et d'intérieurs aux corps entassés lui rappellent quelque chose : les ruelles de Fontainhas, la chambre de Vanda, la boutique de sa mère, la baraque de Ventura et Lento et même la rivière sur laquelle glissait la barque des deux compères. Et plus tard dans le film, une succession de plans fixes sur les espaces habités par les migrants cap-verdiens semblera mettre les noirs et blancs de la New York d'autrefois aux couleurs du présent de l'Europe postcoloniale. C'est comme si les photos de Riis avaient servi de modèles aux plans du cinéaste, de la même façon que les histoires de zombies de Jacques Tourneur avaient inspiré ses personnages de morts-vivants. Comme si la politique des films de Pedro Costa, celle qu'il emprunte au photographe, était d'abord une manière de construire des cadres, de construire l'immédiate union entre la matérialité d'une situation et la matérialité d'un découpage de l'espace.

Mais il faut aussitôt compliquer les choses car, pendant que les photos défilent puis cèdent la place à un portrait d'homme noir peint par Géricault, un bruit de pas commence à résonner, comme en écho à celui qui, dans *En avant, jeunesse!*, nous introduisait, avec Ventura, au milieu des peintures du Gulbenkian. Dans *En avant, jeunesse!*, après une confrontation silencieuse, d'autres bruits de pas résonnaient dans les souterrains du musée par où le visiteur importun se trouvait évacué. Ici c'est directement dans les souterrains que nous entrons en suivant le bruit des pas. C'est cela que l'art cinématographique de Pedro Costa ajoute au témoignage photographique de Jacob Riis : la narrativisation de l'espace par le bruit du temps. Un bruit du temps qui est lui-même multiple. Il y a le bruit des voix et des pas de quelques individus ; il y a l'histoire de leur vie qu'ils racontent ou revivent ; il y a la rumeur de l'Histoire à laquelle leur vie a été mêlée : la colonisation et la décolonisation, les chants de la Révolution des Œillets et ceux de la jeune république capverdienne. Il y a les résonances qui se tissent d'un film à l'autre ; il y a celles enfin qui mêlent les voix des vivants et des morts et transforment leurs déplacements en voyage mythologique. De film en film, c'est cette dimension mythologique que Pedro Costa a affirmée comme le vrai moyen de prendre la mesure de la violence infligée à tous ceux qui ont dû quitter leur terre pour venir perdre leur vie dans les chantiers et les taudis des métropoles du Capital. Avec *Dans la chambre de Vanda* on pouvait encore s'imaginer voir un documentaire sur les habitants de Fontainhas. Mais, dans *En avant, jeunesse!*, l'illusion réaliste cédait de plus en plus le pas à la reconstruction mythologique. Quand Ventura et Lento psalmodiaient leur échange dans l'appartement brûlé, on avait l'impression d'être passé de l'autre côté, d'être en présence d'habitants des Enfers. *Cavalo Dinheiro* pousse cette logique à l'extrême en mettant en œuvre un principe de condensation radical.

Condensation des espaces d'abord : le rapport de notre monde social aux Enfers mythologiques est figuré comme la circulation de Ventura entre deux niveaux d'un même lieu :

les dédales d'un souterrain appartenant au royaume de la mort et les couloirs d'un hôpital ordinaire où une société traite ceux qu'elle a épuisés ou mutilés, ceux qui se rassemblent au début du film dans la chambre de Ventura. Entre le séjour des morts et celui des malades, l'ascenseur de l'hôpital joue le rôle de la barque de Charon. Et l'escalier menant aux souterrains est le lieu d'une autre rencontre entre la vie et la mort. C'est là que Ventura aperçoit d'abord la silhouette d'une nouvelle figure, une nouvelle visiteuse dans l'univers de Pedro Costa : Vitalina, la veuve qui est arrivée trop tard du Cap-Vert pour assister à l'enterrement de son mari, peut-être tombé d'un échafaudage, peut-être simplement mort de la vie que mènent les migrants, mais aussi la femme qui hérite de l'énergie qui semble avoir abandonné Ventura, l'énergie des forces obscures qui circulent entre le pays des vivants et le pays des morts. Les seules échappées hors de cet hôpital où les fenêtres mêmes semblent opaques, les seuls moments où la nature apparaît, sont les souvenirs et les hantises d'événements traumatisants : le jardin d'Estrela où les immigrés fuyaient les militaires pendant la révolution des œillets au risque de s'y entretuer, ou les abords de la fabrique abandonnée par un patron en faillite. Les lieux au demeurant se transforment les uns dans les autres : le jardin d'Estrela devient un paysage de forêt et de rochers dont on ne sait plus s'il est ici ou là-bas. La fabrique en ruine communique avec l'hôpital mais aussi apparemment avec les bureaux où Vitalina vient réclamer sa pension. Et les personnages eux-mêmes échangent leurs rôles : Vitalina prend un moment la blouse du médecin et raconte en première personne ce qui est arrivé à Ventura le 11 mars 1975 ; son mari mort se confond avec l'ancien rival de Ventura qui partage aujourd'hui (mais quel aujourd'hui et est-ce bien lui ?) sa condition de pensionnaire de l'hôpital. Ventura mêle au souvenir ancien d'une contestation sur son salaire l'histoire arrivée à son neveu, trouvant à sa sortie d'hôpital l'entreprise abandonnée et vidée de ses machines.

Mais, bien sûr, ce sont surtout les temps qui se mêlent. L'hôpital est à la fois le lieu où l'on soigne le Ventura d'aujourd'hui dont la maladie nerveuse est rendue sensible par le tremblement incessant de ses mains et l'hôpital militaire où un jour du printemps 1975 les soldats emmenèrent le jeune Ventura ramassé après une bagarre au couteau avec un de ses collègues – il est vrai que le souvenir traumatique lui-même se dédouble, en nous montrant un Ventura vêtu d'un seul caleçon rouge poursuivi dans la nuit par un char militaire pendant qu'un autre militaire le couche en joue. Comme la réalité et le fantasme ou le rêve, le passé et le présent se mêlent inextricablement. Dans le cinéma ordinaire, le grand écart des temps se règle souvent par l'emploi de deux acteurs de générations différentes. Mais, bien sûr, Pedro Costa n'a qu'un seul « acteur » pour jouer le jeune homme fringant à la chemise brodée et au couteau vite sorti et le vieil homme épuisé traînant en pyjama dans les couloirs. C'est le Ventura d'aujourd'hui qui doit se parer des dorures du jeune coq d'autrefois. C'est lui qui répond aux questions *off* du médecin d'hier et décline son âge de dix-neuf ans et trois mois avant de déclarer la profession de retraité du bâtiment. C'est lui qui répond aux questions de la Vitalina de 2014 sur son prochain mariage de jeune homme avec sa fiancée Zulmira, ou mène avec son neveu Benvindo (mais est-ce vraiment son neveu?) cette discussion, non située dans le temps, sur les paroles d'une chanson. Il n'a, pour tous ces rôles et tous ces temps qu'un seul corps, celui précisément qu'ont façonné les espérances et les désillusions de l'immigré, les blessures sur les chantiers et les frayeurs devant les militaires révolutionnaires ou encore les effets de l'alcool et de la drogue. Ventura n'est ni un vieil immigré répondant aux questions d'un documentariste sur sa vie ni un acteur jouant le rôle d'un vieil immigré. Il est un homme qui rejoue sa vie, qui la rejoue comme le présent chargé de toute une histoire, la sienne et celle de ses semblables, et n'a pour cela qu'un seul corps avec les marques que sa vie y a laissées, un seul corps en un seul temps, pour montrer le passage de quarante années sur les corps ouvriers.

On pourrait bien sûr résoudre le problème en disant que c'est, de toute façon, la même chose qui arrive toujours, la même vieillesse qui commence et recommence dès le jeune âge pour ceux qui sont nés dans la mauvaise moitié du monde. C'est ce que résument, dans la chambre de Ventura où les douleurs assemblées forment un chœur des esclaves, les paroles que Joaquim prononce, le dos tourné, pour dire que les militaires ne changeront rien à un scénario toujours déjà réglé : « Nous continuerons à tomber du troisième étage. Nous continuerons à être mutilés par les machines. Notre tête et nos poumons nous feront toujours aussi mal. Nous serons brûlés. Nous perdrons la tête. C'est la moisissure qui est dans les murs de nos maisons. Nous avons toujours vécu et nous mourrons toujours ainsi. C'est notre maladie. » Ces paroles semblent énoncer par avance tout ce qu'il y a à dire et notamment les réponses de Ventura à son interrogateur invisible : il connaît sa maladie et peut répondre que ce qui lui est arrivé lui arrivera à nouveau. Car cette maladie des hommes sans nom englobe par avance tous les aléas de leur vie, les coups de couteaux qu'ils échangèrent comme les révolutions qui sont passées sur eux. Dans *En avant, jeunesse !*, Ventura et Lento faisaient le compte de leurs vies : Ventura avait désormais carte d'identité, sécurité sociale et un logement de la mairie, au prix d'y finir seul sa vie. Quant à Lento, il avait au moins appris la lettre d'amour. Ici les seules lettres que l'on lise à voix haute sont des certificats de naissance ou de décès. À la question « Savez-vous lire et écrire ? », Ventura répond seulement : « J'entends un homme pleurer. » Et de fait, le film entier semble n'être qu'une longue lamentation où ceux qui perdent leur vie sur les chantiers loin de leur terre reprennent à leur compte les paroles de ceux qui voulaient leur montrer leur condition, par exemple celles que, dans *Fortini Cani*, Franco Fortini lisait devant la caméra des Straub : « Vous n'êtes pas où arrive ce qui décide de votre destin. Vous n'avez pas de destin. Vous n'avez pas et vous n'êtes pas. En échange de la réalité vous a été donnée une apparence parfaite, une vie bien imitée. »

Mais l'imitation de la vie, n'est-ce pas ce que fait, qu'on le veuille ou non, l'art cinématographique ? En notre temps comme au temps de Jacques Tourneur, le cinéma n'est-il pas le lieu privilégié pour interroger le rapport entre la vraie vie et les histoires de fantômes, sortis du passé ou d'un autre monde ? Et si les Straub sont présents dans *Cavalo Dinheiro*, ce n'est pas pour les paroles désabusées qu'ils ont pu transmettre sur la condition des exploités. C'est bien plutôt pour avoir montré que le chant du malheur n'était jamais une simple monodie, que toute histoire, si linéaire qu'elle semble être, recèle toujours la possibilité de deux variantes. Dans leur œuvre, exemplairement, la leçon sur le malheur de ceux qui ne sont rien s'est divisée en deux : l'affirmation lyrique que les pauvres sont quelque chose et ont une voix pour le dire et la querelle dialectique sur ce qui est et n'est pas. C'est un peu cette tension qui organise *Cavalo Dinheiro* entre l'épisode lyrique de la chanson *Alto Cutelo* qui accompagne la « visite » de la caméra dans les quartiers des immigrés et l'épisode dialectique de l'ascenseur où s'affrontent le vieux Ventura et le soldat statufié de la Révolution du 25 avril. La chanson des Tubaraoes qui raconte le destin de ceux qui ont vendu leur terre au pays pour aller perdre leur vie sur les chantiers de construction du Portugal se termine sur l'affirmation d'un retour au pays et l'espoir d'un renouveau de la terre desséchée. C'était, il est vrai, une chanson des lendemains de l'indépendance et, quand Ventura la reprend dans l'ascenseur, c'est sans sa musique et sans le couplet final. La dialectique a apparemment tranché au sujet de ses illusions. C'est un étrange dialogue qui se tient dans cet ascenseur. Le soldat statufié, couvert de peinture dorée, change quelquefois sa position, mais il n'ouvre jamais la bouche. C'est d'ailleurs que vient sa voix, une voix qui l'excède car elle est la voix de la révolution d'avril, la voix peut-être des enfants ou des adolescents d'alors qui, comme le jeune Pedro Costa, croyaient à la venue d'un monde nouveau, la voix aussi de tous les « frères » de Ventura. Cette voix demande à Ventura à la fois ce qu'il a fait de sa vie, et ce qu'il a fait pour cette révolution qui a chassé les fascistes et mis fin à l'oppression des travailleurs de là-bas et d'ici. Ventura répond comme il fait toujours, en mêlant la vérité et le mensonge : il a construit des logements, des hôpitaux, des écoles et des musées, c'est vrai. Il a créé une bonne vie, bâti une famille et élevé des enfants. À cela la voix répond qu'il ment, que sa vie est misérable et que ses enfants sont encore à naître – autant dire qu'ils ne naîtront jamais. Mais, bien sûr, l'accusation se renverse. La faillite de Ventura renvoie la question au questionneur : qu'est-ce que la révolution d'avril, le Portugal démocratique et ses artistes progressistes ont fait pour Ventura et pour ses proches ? C'est le soldat de la liberté qui a volé la vie de Ventura. C'est à lui d'abord de faire le bilan de ses promesses, de reconnaître que l'histoire n'est pas finie et que le travail commence seulement. La lamentation sur le destin de la jeune vie porte alors aussi bien sur le vieillard qu'est devenu Ventura que sur la statue peinte en doré qu'est devenue la grande espérance d'avril 1974. C'est aussi pourquoi les voix semblent se mêler, ne plus s'adresser à l'un ou l'autre des protagonistes mais plutôt dialoguer entre elles, entre accablement et espérance, comme les personnages laissés pour compte de la « vie nouvelle » le font à la fin des pièces de Tchekhov : « Le jour viendra où nous accepterons nos souffrances. Il n'y aura plus ni peur ni mystère / nous quitterons ce monde ensemble et on nous oubliera. On oubliera nos visages / Nos souffrances seront des joies pour les hommes à venir. »

Difficile d'imaginer Ventura parlant de l'avenir joyeux préparé par ses souffrances. Mais la dialectique (ou l'exorcisme) semble avoir produit ses effets sur lui. Une scène de réconciliation nous le montre en bon samaritain, aidant son collègue et ennemi Joaquim, incapable de mouvoir ses bras, à manger sa soupe, avant de gagner la sortie de l'hôpital, libéré par les médecins. Il est vrai qu'il en sort par la porte des morts et qu'au dernier plan, son ombre vient se mêler à une panoplie de couteaux étalés sur le sol. Mais est-ce bien Ventura qui rêve à nouveau de couteaux et de sang ? Si son ombre semble venue tout droit de Fritz Lang, ces couteaux semblent venir d'une autre fin de film. Ils font écho à cet appel aux armes que lançait le rémouleur à la fin de *Sicilia!* On ne sait si les fantômes de Ventura sont bien exorcisés. Mais on sait que la violence de l'oppression demeure et que Pedro Costa reste, pour sa part, fidèle au parti pris de Jean-Marie Straub et de Danièle Huillet : celui de la non-réconciliation.

5. Deux yeux dans la nuit

Il y a plusieurs manières de parler de *Vitalina Varela*. La première partirait de sa structure narrative d'ensemble. Classique, voire hollywoodienne : cela commence avec des hommes qui reviennent d'un enterrement. Arrive ensuite l'avion amenant la femme qui a aimé le disparu. Elle va rencontrer des témoins de sa vie, fouiller sa demeure, découvrir ses secrets. Peu à peu, se reconstitue ainsi le puzzle de leurs deux existences, de ce qui les a unis et séparés. Et la remontée du temps s'achève dans l'évocation du jeune couple heureux, construisant cette maison où ils n'ont jamais vécu ensemble mais où l'image les unit pour toujours. Une histoire d'amour malheureux mais pourtant indestructible.

Cette manière de raconter a au moins un mérite : elle souligne l'évolution qui semble ramener le cinéma de Pedro Costa vers une structure fictionnelle avouée. Ce mouvement de retour inverse celui que le cinéaste avait accompli dans *Ossos* où la forme narrative semblait se défaire, comme si la vie des immigrés et des marginaux découverte dans les ruelles de Fontainhas la rendait impraticable. Le film s'achevait avec une porte qui se fermait, comme pour refuser définitivement au spectateur la traditionnelle complainte des pauvres gens. L'on pourrait alors penser tout le cycle qui commence avec *Dans la chambre de Vanda* comme un long effort pour inventer la forme nouvelle capable de rendre compte des vies qui sont venues se perdre dans les taudis de la banlieue lisboète ou dans d'autres bidonvilles des métropoles européennes. *Dans la chambre de Vanda* adoptait une forme quasi-documentaire où la temporalité du film semblait se mouler sur le temps figé des rituels de la drogue que venait bousculer de l'extérieur la marche rapide des bulldozers détruisant le bidonville. *En avant, jeunesse!* brisait cette forme trop linéaire en enserrant la suite de l'histoire de Vanda et de ses conversations prosaïques dans une mosaïque de petites scènes allant de la leçon dialectique brechtienne (la visite à la Fondation Gulbenkian) à l'allégorie benjaminienne (le dialogue de Ventura et Lento dans la maison incendiée). *Cavalo Dinheiro* poursuivait la seconde veine en condensant quarante années de vie des migrants dans l'unité d'un temps immobile et l'unité de lieu d'un hôpital – réel et symbolique – ouvrant directement sur les enfers. Si l'espace où se situe *Vitalina Varela* est encore, symboliquement au moins, un lieu entre vie et mort, le film semble ouvrir ce temps immobile en adoptant la forme fictionnelle de l'enquête sur un disparu. D'autres traits accentuent ce glissement. Le dialogue que Vitalina instaure avec le mort se perçoit immédiatement comme une scène de fiction. Et Ventura qui, dans les films précédents, n'avait joué que son propre rôle apparaît ici comme un acteur à part entière, jouant à contre-emploi un double rôle emprunté au monde de la fiction : un personnage de prêtre déchu qui évoque lointainement le curé de campagne misérable de Bernanos et de Bresson ; mais aussi un témoin privilégié de la vie du défunt derrière lequel, même si *Citizen Kane* n'appartient pas au panthéon de Pedro Costa, on croit parfois voir roder l'ombre de Joseph Cotten / Leland dans sa maison de retraite.

Mais là s'arrête la similitude formelle. Il n'y aura pas de flash-backs. Nul enfant sentimental, nul adulte à l'ambition dévoratrice ne se lèveront pour redonner chair au disparu. Nul manoir fabuleux où se cacherait un simple rêve d'enfant. Il y a longtemps que le rêve de l'émigrant s'était assoupi, en s'enterrant dans un des bidonvilles que ces ouvriers du bâtiment ont élevés à la hâte avec des matériaux de récupération en attendant un avenir qui n'est jamais venu. Impossible de ressusciter en flash-backs les corps individualisés d'une histoire, de leur donner les couleurs de la vie. Ils sont devenus des ombres qui glissent dans la nuit, toutes semblables. Et c'est dans cette nuit que l'enquête sur le disparu va se dérouler. Dans le plan initial, nous ne discernons que faiblement des croix dominant de hautes murailles le long desquelles des silhouettes défilent sans autre bruit que celui d'une béquille résonnant sur le pavé. Nous comprendrons que ce sont des amis du défunt revenant de l'enterrement en voyant deux de ces ombres prendre brièvement corps en nettoyant son appartement. C'est encore dans la nuit que nous verrons ensuite apparaître la silhouette de Vitalina encadrée par la porte de l'avion avant que ses pieds nus ne descendent les marches et que ne s'avance sur le tarmac un groupe d'autres ombres, habillées aux couleurs d'une équipe de nettoyage, qui accueillera à voix basse Vitalina en lui disant que son mari est déjà en terre et qu'elle n'a rien à faire ici : il n'y a rien pour elle dans ce séjour des ombres. Et c'est seulement à la toute fin du film que la lumière du soleil apparaîtra, pour éclairer le cimetière où repose le mort. C'est dans la nuit que se passera toute l'enquête sur le disparu, ou plutôt dans un univers où le jour ne se différencie pas de la nuit ni l'intérieur de l'extérieur, où des corps se croisent dans la pénombre, une mère appelle vainement le fils auquel elle porte une assiette, des hommes désœuvrés jouent aux cartes, des visiteurs cognent à la porte, sans que jamais aucun de ces ouvriers ne parte au travail ni n'en revienne.

On pourrait croire alors que la structure fictionnelle de l'enquête sur le disparu n'est qu'une apparence, démentie par le temps figé de ce séjour des ombres : un temps occupé par un long cérémonial funéraire que Vitalina ordonne pour remplacer l'enterrement qui lui a été dérobé. Lentement, en s'observant dans un miroir, elle enlève son foulard noir et noue sur sa tête un foulard blanc qu'elle dénouera plus tard pour en envelopper un crucifix sur un autel de fortune où deux bougies brûlent dans des verres devant des photos du disparu. Des hommes – plutôt des ombres indistinctes – viennent défiler devant elle, saluer l'image, murmurer des mots de condoléances. Elle offre un repas rituel, occasion pour les ombres de s'individualiser, d'évoquer les moments passés avec le mort et de parler de ses derniers jours. Plus tard Vitalina fera dire une messe à sa mémoire dont elle sera la seule assistante. Et la fin du film la voit en quelque sorte réenterrer paisiblement, dans le grand jour du cimetière, celui qui était mort sans l'attendre. Il faudrait alors voir le film comme le déroulement d'un long chant de deuil qui ne déplore pas seulement la mort de Joaquim mais sa vie même, une vie ensevelie dans cet univers souterrain.

Pourtant ce parcours d'ombre en ombre n'est pas une simple liturgie. Il y a bien une histoire qui se construit à l'intérieur de ces épisodes d'allure répétitive. Une histoire qui est d'abord visuelle. L'apparente immobilité de ce temps liturgique et l'obscurité de ce défilé d'ombres dans la nuit se trouvent percées par une lumière implacable : celle du regard de Vitalina, cette flamme qui brûle dans les deux globes blancs de ses yeux exorbités, sur cette face noire qui parfois ressort à peine dans la pénombre. Ces yeux de fauve regardent défiler les ombres et semblent percer à nu le mensonge de leurs attitudes cérémonieuses et de leurs paroles de condoléances. C'est comme s'ils voyaient distinctement ce que les visiteurs ne disent pourtant qu'en chuchotant sur l'autre femme du défunt, celle qui était à l'enterrement. On ne sait pas si Vitalina a entendu leurs paroles mais ses yeux lisent le mensonge : les participants de la cérémonie sont en fait des faux témoins. Et elle quitte brusquement son masque convenu de veuve reconnaissante pour les congédier sans aménité. Le temps apparemment figé de la liturgie fait ainsi place au temps d'une intrigue fictionnelle elle aussi très classique : c'est d'un procès qu'il s'agit, où Vitalina mène l'instruction et dresse le réquisitoire. Plus tard elle dira qu'elle « ne pleure pas les lâches » à un autre faux témoin et vrai complice : ce visiteur qui arrive à l'impromptu et ouvre avec ses clefs comme s'il était chez lui. Et de fait, il a partagé l'appartement de Joaquim, sa vie et ses plaisirs. Il a surtout partagé son mensonge. Il parle sans façon des lettres qu'ils écrivaient ensemble à Vitalina. En l'entendant, le familier des films de Pedro Costa ne peut manquer d'évoquer *En avant, jeunesse!* et toute la poésie de cette lettre à la bien-aimée lointaine que Ventura psalmodiait sans cesse et qu'il essayait vainement d'apprendre à Lento : une lettre d'amour toute faite et pourtant sincère puisque son impersonnalité même reflétait le destin partagé par ces hommes. Mais ici l'écriture à quatre mains devient mensonge, elle s'identifie à l'imposture dont tous ces hommes sont les complices. Le visiteur nocturne apparaît comme le double du mort, et son procès prolonge celui que Vitalina a entamé, à peine le rituel funéraire accompli, avec ce défunt dont la mort n'est qu'un abandon de plus qui s'ajoute à tous les précédents : le départ pour Lisbonne où, bien sûr, il devait vite gagner l'argent pour la faire venir, la maison commencée ensemble au pays et laissée inachevée, les départs impromptus après ces courts séjours au terme desquels il la laissait enceinte d'enfants dont il ne s'occuperait pas. Sa trahison est celle de tous ces hommes partis pleins d'énergie pour donner à femme et enfants les moyens d'une vie nouvelle. Tous ont vite laissé leur rêve s'assoupir dans ces bidonvilles où ils ont bâti à la va-vite ces habitations sans lumière, où l'humidité suinte des murs et les plafonds tombent par morceaux. Ces paysans rudes au travail, élevés dans l'amour de la terre et de la famille, sont devenus des hommes sans foi, des ouvriers incapables de se bâtir un toit, des lâches incapables de se construire une vie, des traîtres qui ont oublié non seulement la femme aimée mais le sens même du mot amour en s'acoquinant avec les femmes des rues qui ont l'avantage d'être là tout près. Ils ont fui le travail sous prétexte de l'aller chercher, ils sont devenus des paresseux, déserteurs de leur propre vie. Ils sont, en somme, la version prolétaire de ces jeunes propriétaires ou bourgeois idéalistes que Gontcharov ou Tchekhov avaient montrés lentement ensevelis dans la routine et les mesquineries de la vie provinciale russe. Dans *Cavalo Dinheiro*, Pedro Costa mettait dans la bouche du soldat statufié de la révolution des œillets les dernières paroles d'Irina et d'Olga dans les *Trois sœurs*, espérant que les souffrances de leurs vies perdues se changeraient en joies pour les générations à venir. Ici, en entendant évoquer la vision dernière d'un Joaquim gras avec ses savates aux pieds et les dreadlocks qu'il a laissées pousser, on pense plutôt à la déchéance d'Oblomov, empâté et enfoncé, comme dans un cercueil, dans le train-train confortable que lui a aménagé sa propriétaire, femme vulgaire qu'il a prise pour épouse afin de ne plus avoir à bouger.

Ce n'est donc pas un simple office des morts que déroule le film mais le procès implacable de cette vie déjà semblable à la mort. Il le déroule du point de vue du seul personnage qui n'a pas renoncé, qui a continué à travailler la terre, à bâtir sa maison, une famille et un avenir pendant que tous ces lâches s'ensevelissaient dans ces caves, avec la boisson, les petits trafics et les compagnes faciles. C'est ce rôle de protagoniste donné à une accusatrice qui singularise *Vitalina Varela*. On pouvait certes dire de tous les films du cycle de Fontainhas qu'ils dressaient un réquisitoire implacable contre le système capitaliste et néocolonial qui avait arraché les paysans cap-verdiens à leur terre, à leurs familles et à leurs amours pour les envoyer risquer leur vie sur les chantiers de Lisbonne et croupir dans les bidonvilles des environs. Mais Ventura traversait le récit de ses travaux et de ses souffrances avec une dignité de roi en exil. Et Lento, à la fin de *En avant, jeunesse!*, prenait une hauteur de juge revenu des enfers pour condamner les vivants. Il est vrai que, dans l'ascenseur de *Cavalo Dinheiro* où un soldat statufié, symbole de la Révolution des œillets, avait à répondre de ce que cette révolution avait fait pour les hommes comme Ventura, une voix venue d'ailleurs demandait en retour à Ventura ce qu'il avait fait de sa propre vie. Mais ici c'est une voix bien individualisée qui vient prendre en charge l'accusation et poser à tous ces hommes déchus la question brutale qu'aucun cinéaste de gauche bien élevé ne se permettrait de poser à des travailleurs émigrés, connaissant trop bien la réponse : ce n'est pas eux qui sont coupables, c'est le système. Et c'est lui qu'il faut juger. Mais Vitalina ne connait pas le «système». Elle ne connaît que des hommes qui ont promis et qui ont trahi leur promesse ; qui l'ont trahie précisément parce qu'ils sont des hommes : des êtres qui peuvent toujours s'en aller, laisser maison, champs, femme et famille parce qu'on leur reconnaît le privilège du voyage, réservé à ceux qui sont en charge de préparer l'avenir ; des êtres qui, une fois loin, peuvent encore tirer argument de la solitude de l'exilé, du travail harassant, de l'exploitation et des blessures endurées pour le fameux avenir, afin de justifier la petite vie présente, misérable et oublieuse, qu'ils se sont bricolée entre mâles. Le regard et la parole de Vitalina redistribuent le jeu : il n'y a pas les hommes travailleurs et le capitalisme qui les exploite. Il n'y a là qu'un seul et même monde : le monde des hommes – des mâles – qui consentent à l'exploitation capitaliste si elle leur permet de vivre entre eux confortablement leur misère et de confirmer leur privilège sur des femmes laissées au loin dans un inframonde domestique avec le soin de la terre, de la maison et des enfants. Tout est dit dans les quelques phrases de Vitalina qui réfutent l'oraison funèbre que le prêtre, Ventura, le représentant du monde masculin, vient de prononcer pour saluer la mémoire de Joaquim, le travailleur qui est entré dans le repos au terme d'une vie de labeur et de souffrance. Cette oraison n'est que le discours du descendant de Caïn, l'homme « toujours en faveur de l'homme ». « J'ai fermé ses yeux remplis d'amertume », dit le prêtre. Vitalina balaie alors d'une phrase cinglante la formule convenue qui mène au repos dernier l'homme laborieux : « À voir un visage de femme dans un cercueil, tu ne peux imaginer sa souffrance. » Dans la mort même les souffrances ne sont pas égales. Mais Vitalina retourne le rapport inégal contre ces hommes qui échangent complaisamment les rôles du travailleur qui souffre et du prêtre qui console. Les souffrances des hommes qui ont cédé et celles de la femme qui a tenu sont incomparables, comme le sont la maison construite au pays pour l'avenir et la masure mal bâtie de l'habitant des bidonvilles.

Pedro Costa souscrit à ce renversement de pouvoir par lequel la femme juge et condamne le monde des hommes. Il y consent comme à la lumière qui troue les ténèbres. Mais le simple rapport de la lumière à la nuit compose une dramaturgie inégale. Et l'art se nourrit mal d'inégalité. Le cinéaste doit trouver le moyen de rétablir une égalité. Il doit, pour cela, rendre une dignité à ceux que le regard et la parole de Vitalina ont, un peu plus encore, enfoncés dans leur nuit. Il faut donner à leurs corps une manière d'être qui rachète leur paresse : une manière d'être attentive à bien faire. Ils l'ont peut-être perdue comme ouvriers du bâtiment fatigués et désabusés. Mais ils peuvent la regagner dans une pratique neuve pour eux, celle de l'acteur. Ils peuvent, à l'égal de Vitalina, apprendre ce texte qui s'est façonné lentement pendant que Pedro Costa parlait avec Vitalina et avec eux et synthétisait en scènes possibles cette masse verbale dans laquelle se fondait peu à peu sa propre culture littéraire et cinématographique. Ils peuvent la dire comme des acteurs d'un genre nouveau. C'est leur vie qu'ils racontent mais ils ne la racontent pas sur le ton de la conversation familière. Pas non plus à la façon de ces acteurs professionnels qui cherchent à jouer « naturel ». Ceux-là s'efforceraient sans doute de se mettre dans la peau du personnage, d'exprimer les sentiments frustes des habitants de ces quartiers et d'en prendre le langage relâché. Les compagnons de Joaquim font ici tout le contraire. Ils parlent dans un phrasé uni et continu qui rappelle la manière des tragédiens. Comme ils n'ont pas besoin de prendre le ton de l'homme du peuple, ils peuvent se soucier seulement de donner aux mots et à leur assemblage leur puissance propre qui sera toujours supérieure à toute grimace et tout éclat de voix. Ils disent leur vie comme un rôle qu'ils ont longuement répété et qu'ils s'efforcent de reproduire sans faute. De là, comme toujours chez Pedro Costa, cette extraordinaire concentration des visages où le simple effort de celui qui cherche à se souvenir de son texte ouvre un abîme de pensée et donne une profondeur inédite aux paroles les plus simples : « Je l'ai lavé, je l'ai rasé, je l'ai changé, je lui ai donné de la soupe ». L'homme qui dit ces mots en se tenant bien droit, les bras collés au corps, juste après avoir prosaïquement tiré la chasse d'eau et rajusté son pantalon, donne à cette évocation tout aussi prosaïque la puissance des paroles évangéliques : « J'avais faim et vous m'avez donné à manger, j'avais soif et vous m'avez donné à boire, j'étais un étranger et vous m'avez accueilli ». Et le jeune Ntoni qui vit dans la rue avec une compagne dépressive et récupère les restes des supermarchés – et sans doute un peu plus que les restes – trouve lui aussi le ton juste pour faire résonner les paroles qui corrigent le jugement sans appel de Vitalina : « Nous sommes peut-être des traîtres mais nous savons aussi aider nos compagnons ».

Le temps de cette performance, les travailleurs déchus sont redevenus des hommes dignes de foi. En se souvenant de leur texte et de la bonne façon de le dire, ils ont, pour un moment, reconquis la capacité d'être des hommes qui se souviennent, des hommes qui ne manquent pas à leur parole. Cette reconquête peut être brève, elle n'en est pas moins décisive. Ceux en qui Vitalina a perdu toute confiance, ceux qu'elle a condamnés, le cinéaste leur fait confiance et leur rend leur dignité. Le film est fait de cette tension entre un long procès qui condamne et une série de brèves performances qui rachètent. C'est pourquoi la fureur qui anime l'enquête de Vitalina s'achèvera dans une certaine paix. Malgré elle, d'une certaine façon. Vitalina refuse en effet toute réconciliation. Il ne reste rien de son amour sinon un deuil qu'elle veut sans fin. Elle annonce qu'elle restera pour toujours dans ce pays pour lequel Joaquim lui avait vainement fait attendre son billet. C'est sa vengeance, et elle entend l'exercer à ses propres dépens en s'enfermant dans ce trou où il s'était enterré pour la fuir. Mais le cinéaste ne peut quitter ainsi Vitalina. Il ne peut la laisser vieillir dans la maison du mort même si ses compagnons, redevenus des hommes de foi, tiennent la promesse d'en réparer le toit. Le film la reconduira donc au Cap-Vert où nous verrons une Vitalina rajeunie et vêtue de couleurs claires monter allégrement les blocs de parpaing et mettre amoureusement son bras autour du jeune époux travailleur avant de diriger un dernier regard confiant vers la mer et vers l'avenir. De cet amour, il reste bien une image que plus rien ne pourra effacer.

Chapitre II
Moments choisis

*conversations
avec Cyril Neyrat*

Casa de Lava

1. Du volcan au chantier

Cyril Neyrat | Plusieurs choses étonnent dans cette très vive ouverture. C'est d'abord la manière de passer d'un pays à un autre via la sonate de Hindemith, comment on saute d'un climat à un autre, de couleurs chaudes à des couleurs froides. Aussi ces plans qui en annoncent d'autres, à venir dans le cinéma de Pedro Costa : le plan large du chantier, en contre-plongée, cette verticalité qui sera celle d'*En avant, jeunesse!*, singulièrement du premier plan. Contre-plongée et verticalité qui caractériseront aussi, dans *Casa de Lava*, la série de plans sur la maison d'Edite. Enfin cette manière de nous laisser nous, spectateurs, en plan, au bord du vide, quant à ce qui est arrivé à cet homme. « Le grand est tombé », dit un de ses camarades au contremaître. On ne saura que ça, on reste dans le suspens du visage et du regard pensif. *Ossos*, le film suivant, sera fait de tels plans de visages, de regards pensifs, dans le vide. Cette ouverture installe une violence des plus opaques.

Jacques Rancière | C'est sans doute tout à fait subjectif : ce volcan et cette chute m'évoquent immédiatement deux fins de film : celle de *Stromboli* et celle d'*Allemagne année zéro*. S'y ajoute le fait que l'héroïne va, comme dans *Europe 51*, jouer le rôle de l'étrangère qui découvre un monde qu'elle ignorait totalement. Rossellini n'est pas un cinéaste dont Pedro Costa se réclame souvent, mais il y a quelque chose d'incroyable dans le fait de montrer ce volcan en éruption avant de présenter ensuite les personnages sur un mode hallucinatoire, comme si le cinéma installait sa propre mémoire dans un lieu énigmatique : on ne sait pas d'abord où on est, ni ce qu'il peut se passer dans ce lieu. Vient ensuite l'épisode, également énigmatique, de la chute de Leao. Tout le film maintiendra l'ambiguïté sur le fait de savoir s'il est tombé par accident ou s'il s'est jeté dans le vide. On ne voit aucune raison pour laquelle il se suiciderait mais, visuellement, il semble, comme Edmund, aspiré par le vide au bord duquel il se tient. On a l'impression que le cinéaste se lance dans un projet nouveau, un peu fou, tout en étant hanté par la présence très forte de modèles cinématographiques – certains visuels, d'autres seulement narratifs. Il y aussi cette manière d'instaurer immédiatement un rapport entre des incommensurables : on passe du volcan et des paysages désolés du Cap-Vert non pas aux banlieues habitées par les Cap-verdiens mais au centre de Lisbonne, sur les chantiers de la restauration après l'incendie de 1988. Et de là on saute à ce visage de femme empoigné par les mains d'une autre femme en train de mourir à l'hôpital. Là encore, on pense à Ingrid Bergman assistant une prostituée tuberculeuse dans *Europe 51*. C'est une réminiscence un peu folle, comme si ce film commençait là où d'autres films ont fini. Et, entre les images du volcan et celles du chantier, Pedro Costa nous a montré ces visages de femmes très picturaux qui nous font penser en même temps à la photographie humaniste d'après-guerre (*The Family of Man* de Steichen) et à des portraits de Piero della Francesca, avec leurs regards très lointains. Ce sont des personnages ordinaires à qui est donnée d'emblée la capacité de regarder au loin, comme des seigneurs de la Renaissance.

CN | Au loin, mais aussi au loin en eux... Notons aussi que cette série de portraits commence par une nuque, qui fait l'effet, déjà, d'une porte fermée. Le récit commence ainsi par une forme de refus, de négation.

JR | On passe de l'anonyme, de celle qu'on voit de dos, à celle qui regarde au loin et dont le regard a une densité qui porte bien au-delà de l'immédiat. Et ça court pendant tout le film, cette confrontation à des personnes dans lesquelles, nous spectateurs, comme l'étrangère, nous n'entrerons pas, que nous ne pourrons pas pénétrer.

CN | Le cinéaste non plus.

JR | Oui, un rapport très fort entre le cinéaste et son personnage est installé dès cette ouverture : que fais-tu là ? Tu n'as rien à y faire…

CN | C'est aussi ce que les habitants du quartier diront à Vitalina à son arrivée : « Qu'es-tu venue faire ici ? » Ce regard très lointain, comme souvent chez Costa, n'appelle jamais de contrechamp.

JR | C'est pour moi le côté pictural : ils ne regardent personne. Leao ne regarde personne. Il regarde vers un destin. Et après il tombe. Ou plutôt : il est tombé. C'est vraiment *Allemagne année zéro*.

CN | Il regarde au loin, nulle part, mais le montage produit entre les regards sans objet un échange qu'on dirait magique, télépathique : entre le Cap-Vert et la métropole, entre ces filles là-bas et cet homme ici.

2. Un violon qui grince
Mariana marche dans la montagne avec le violoniste Bassoé qui l'invite à une fête de famille.

CN | Me frappe ici une dimension archaïque et biblique évidente : la manière de cadrer les paysages, la figure de Tina qui s'approche, seule sur son âne, au milieu du désert, celle du musicien errant, Bassoé, qui annonce un peu le poète errant que sera Ventura. On bascule ici dans une dimension quasi mythique, mythologique, et cette séquence est exemplaire de la manière dont ce basculement s'opère souvent chez Pedro Costa : la voix se détache du corps, se pose sur le paysage décrit par un lent panoramique nocturne. Elle passe ainsi dans une autre dimension. Pour parler de quoi ? Du rôle de la musique dans la vie et, déjà, de cette question centrale chez Pedro Costa de la filiation, de la paternité : avoir beaucoup d'enfants, vingt, trente. L'Ancien Testament. Enfin, commence ici le questionnement sur l'immigration – partir ou pas, pourquoi part-on –, sur les illusions, la tromperie de l'immigration.

JR | Il y a aussi beaucoup de choses qui paraissent étranges quand on les voit à la lumière des films ultérieurs. L'ouverture infinie du paysage, le panoramique à 360 degrés, ce sont des choses qui disparaîtront complètement de son univers. Dans la chambre de Vanda, il n'y aura même plus la possibilité de faire un panoramique ou un travelling. Mais ce film-ci est à la frontière de deux univers. Une certaine logique cinématographique vient s'y dérégler. Ce qui me frappe, c'est l'habillement de Mariana, sa façon de marcher ou plutôt de gambader. Il y a une incongruité dans sa manière de traverser ce paysage biblique. On a l'impression de voir une petite secrétaire partie au Club Med comme dans *Adieu Philippine*. Et, en un sens, elle rencontre tout ce qu'on peut attendre quand on va au Club Med dans un pays exotique : la chaleur, la musique, l'accueil de la population.

CN | La petite fille sur son âne.

JR | Oui, et c'est quelque chose d'étonnant. Le père la nomme et la fille apparaît, comme pour dire « c'est moi ». Il y a toutes ces figures féminines qui apparaissent en rapport à Mariana, des personnages qui sont des femmes comme elle mais qui resteront les habitantes énigmatiques d'un autre univers. Le cinéaste déploie le paysage volcanique, une immensité quasi biblique mais aussi inquiétante, puisqu'il y aura juste après l'épisode de l'agression nocturne sur la plage. Ici encore on se demande ce qu'elle vient faire sur la plage à cette heure. C'est toute la dualité de cette histoire : Mariana est à la fois l'infirmière dévouée qui accomplit sa mission jusqu'au bout et la jeune femme émancipée de la métropole qui va se payer des vacances dans des pays exotiques. D'un côté, elle trouve ce qu'elle cherche ; de l'autre, elle tombe sur un monde complètement impénétrable. C'est déjà marqué par ce son de violon particulièrement aigre. À un moment, un personnage dit à Bassoé d'arrêter son crincrin. Quant à nous, nous soupçonnons Pedro Costa de lui avoir demandé d'économiser la colophane. Le son du violon endiablé, c'est un peu le paradis rêvé, le monde fraternel où l'on est reçu, où on vous fait danser, on vous offre à boire et à manger, mais en même temps c'est le grincement qui vous fait savoir que vous ne serez jamais là chez vous et aussi que tout ce que vous pourrez dire à ces gens, de ne pas aller perdre leur vie en métropole, est absolument peine perdue. Parmi les rôles divers que joue Mariana il y a aussi celui d'une Cassandre. Elle prévoit le futur de ceux qui partent, mais ce qu'elle dit ne peut pas être entendu.

CN | Le violon est du côté du pittoresque, mais en effet grinçant, désaccordé. Il marque un conflit, une discordance, par sa façon même de sonner lorsqu'un coup d'archet ponctue le prénom de chacun des fils en partance pour la métropole. Cet usage altéré de la musique produit un effet d'opacité, de mise à distance. On bascule avec la musique de Bassoé dans une dimension poétique du langage que Mariana ne comprend pas. C'est une jeune femme volontaire et prosaïque, elle dit des choses et pose des questions simples auxquelles il n'est jamais répondu : « Leao, c'est votre fils ? » Ou on lui répond par énigmes. Il y a une musicalisation de la parole qui participe d'un régime de l'énigme.

JR | La musique qui est jouée là, qu'ils ont jouée partout, pour toutes les cérémonies, relève d'une idée de l'art comme faisant partie de la vie, à laquelle Pedro Costa adhère et qu'il opposera, dans *En avant, jeunesse !,* à l'art figé des Rubens et Van Dyck accrochés à la Gulbenkian. D'un côté c'est un modèle positif, celui de l'art qui appartient à la forme de vie d'une communauté. Mais, de l'autre, il y a ce grincement. Cette musique est le véritable art, mais en même temps elle sonne faux. C'est la réconciliation qu'on espère trouver dans les petits bals sans façon des lieux où vivent les pauvres, mais ça ne marche pas.

CN | Une autre dissension apparaît ici, dans le plan où le chœur de femmes se moque de Bassoé : la grande séparation entre les hommes et les femmes, qui est un motif fondamental du travail de Pedro Costa. La danse donne l'impression, l'illusion d'un accord, alors qu'on est dans un régime de grande incompréhension. C'est déjà, contre la lâche dureté des hommes, la dureté fière et moqueuse des femmes.

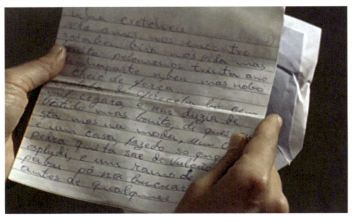

3. La Lettre volée
Dans la maison d'Edite, Mariana fouille dans la valise.

CN | Apparaît ici le goût de Pedro Costa pour les documents, les lettres, les archives administratives où s'inscrivent les vies.

JR | Il y a plusieurs raisons à ce rôle donné à l'archive. Costa n'a pas envie que son personnage raconte son histoire. Son corps doit rester opaque, énigmatique. Il opère donc un déplacement et une condensation : la vie de cette femme peut être dite tout entière en ouvrant un tiroir où sont rassemblés les documents de sa vie. Cela rappelle une méthode poussée à l'extrême par certains historiens : reconstituer la vie d'une personne uniquement à partir des documents administratifs. Mais c'est aussi, chez Costa, une manière de rendre les choses opaques par condensation. Toute la vie d'une personne peut être trouvée dans un tiroir, qu'une touriste intrusive ouvre comme ça, dans une position étrange, un peu provocante, entre ses jambes écartées. Mariana encore ici ce comportement de jeune femme émancipée, qui entre sans façon dans la vie d'une autre femme. Cette sorte d'érotisme déplacé entre dans l'atmosphère de ce film où les relations sexuelles sont évoquées plutôt que montrées. Mais, de toute façon, on est dans un non-rapport : ces documents disent tout sur le personnage qui est devant nous mais en même temps rien sur ce qu'elle a vécu. Elle aussi est devenue impénétrable comme les habitants de l'île.

Mariana trouve dans la valise la lettre de Desnos dont c'est la première apparition. Il faudrait savoir comment Costa a eu l'idée de créer ce talisman qui va parcourir ses films ultérieurs. Bien sûr on peut expliquer ça simplement : il y a un parallèle entre la vie de ces gens qui vont risquer, comme Leao, la mort sur les chantiers et celle de Desnos en marche vers le camp de Terezin. Mais ça ne fonctionne pas comme cela. Il faut qu'il y ait là aussi un devenir opaque de la lettre, ce qui est opéré par sa créolisation. Desnos traduit non en portugais mais en créole, c'est une manière de poser en même temps le parallélisme et le non-rapport entre les mondes. Ce non-rapport entre les langues va scander tout le film. Et à partir de là, nous aurons une lettre qu'en un sens personne n'a écrite à personne. Il y a une série d'auteurs et de destinataires possibles, qui vont être niés successivement. Au terme du processus, la lettre va devenir, dans *En avant, jeunesse!,* une sorte de performance d'écrivain public.

CN | Elle peut continuer à circuler parce qu'elle n'a ni auteur ni destinataire assuré. Je reviens sur ce plan qu'on peut trouver déplacé, qui fait comme un trou dans le film : le plan à la valise, les jambes écartées. Il y a là comme une sorte de vulgarité, qui serait celle du personnage mais aussi celle du plan lui-même. C'est encore une fois ce rapport étonnant entre Costa et son personnage, comme s'il endossait le côté déplacé, maladroit de Mariana, comme s'il en faisait l'épreuve lui aussi. Au-delà de ce plan, qui surprend aujourd'hui comme de l'anti-Costa, le film est plein de maladresses, de choses qu'il ne fera plus jamais, y compris au niveau du jeu des acteurs. Je pense notamment à ce reste de scénario de romance entre Mariana et le fils d'Edite, qui produit par moments une esthétique presque publicitaire.

JR | Il y a une sorte de désaccord entre ce qu'on voit et ce qui est raconté. Il faut qu'une parole échappe au personnage masculin pour qu'on comprenne qu'ils ont couché ensemble la nuit précédente alors qu'ils passent leur temps dans des rapports de totale indifférence. Il y a quelque chose comme une déconstruction du personnage fictionnel et de ses sentiments : tout un côté d'adieu à l'actrice qui va se confirmer dans *Ossos* où Inès Medeiros est devenue une prostituée. Il y a cela qui se joue aussi : un film qui se défait, un type de cinéma qui se défait. Même ce qui devrait être le plus physique, à savoir un rapport sexuel entre deux personnes, est devenu parfaitement invraisemblable.

CN | Le suspens entre vie et mort, central quant au récit, concerne aussi le cinéma lui-même. On est vraiment entre un cinéma qui meurt et un qui commence, ou s'apprête à naître.

4. Un langage pour tous
*Au dispensaire, Mariana demande à Tina
de lui lire la lettre.*

CN | Ici on est bien davantage dans le régime du cinéma à venir de Pedro Costa. La lecture de la lettre, la traduction : la voix est séparée du corps et cette séparation produit une sorte d'incantation qui fait passer, sauter d'une femme à l'autre, de la jeune Mariana à Edite, de dos elle aussi. La lettre circule, sa lecture saute d'un temps à l'autre, d'un espace à l'autre. Et la façon dont Edite manipule la valise et les lettres est à l'opposé de celle de Mariana précédemment.

JR | Ici la lettre est entre les mains d'une sorte d'écrivain public – une lectrice qui n'a rien à voir ni avec l'expéditeur ni avec la destinatrice. Mais étrangement la caméra saute de cette lectrice vers celle qui possédait la lettre, Edite, qui est présentée ici dans un double régime : elle cherche la lettre qu'elle ne trouve pas, mais en même temps elle semble indifférente. C'est comme une dépossession. Là encore la logique fictionnelle paraît double : d'un côté il y a cette anonymisation de la lettre, qui devient un signifié flottant, sans propriétaire. Mais en même temps tout se passe comme si Edite gardait la consistance d'un personnage à l'ancienne, qui fouille sa valise, découvre qu'il manque un papier, le cherche, a l'air de rêver. Le raccord est à la fois subtil et grossier, entre le plan de la lecture de la lettre et celui qui se fixe sur sa première destinataire. Mais là aussi on retrouve quelque chose qui traverse tout le film : la manière dont les personnages répondent à l'appel de leur nom : ça commence avec Leao sur le chantier, ça se poursuit avec l'apparition de Tina sur son âne, et ici avec Edite qui répond à la lecture de la lettre comme si elle entendait de loin. Mais on peut aussi interpréter cela comme une sorte d'anonymisation : de plus en plus les paroles vont être détachées des êtres qui les portent, devenir quelque chose comme un récit collectif qui existe indépendamment des personnages et dont ceux-ci interprètent des fragments, comme dans *Vitalina Varela*, où les gens ont l'air de murmurer un texte qui existe avant eux.

CN | Ce contraste entre la subtilité de l'opération et la grossièreté relative des moyens me fait penser à une phrase de la lettre où il est question de «se donner un langage à nous, sur mesure, comme un pyjama de soie fine». Ce langage propre, singulier, c'est précisément ce que Pedro Costa est en train de forger mais qu'il n'a pas encore. Et par la suite, quand ce langage aura été trouvé, inventé, dans *En avant, jeunesse!*, ce passage de la lettre aura disparu.

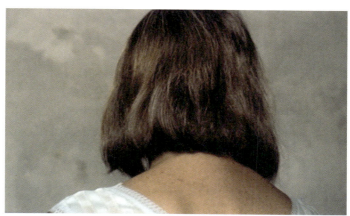
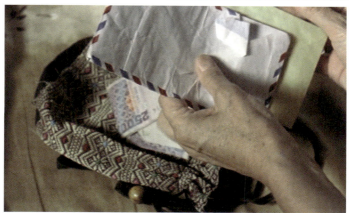

Ossos

1. La Sphinge
Premier plan : Zita assise regarde le spectateur.

CN | Ce premier plan est séparé du début du récit par le titre. La présence frontale de Zita, le mur vert : c'est comme si on était déjà dans la chambre de Vanda.

JR | Oui, avec ce début sur ce personnage fatigué aux yeux cernés qui n'a pas de rôle fictionnel, on a le sentiment de s'installer brutalement dans la chambre et dans le monde de la drogue. Mettre un plan avant le générique, c'est classique. Mais c'est différent quand c'est un plan fixe sur un personnage qui semble ailleurs. C'est comme si Zita écoutait le bruit de tout ce qui va se passer. Mais, en même temps, elle regarde le spectateur comme pour lui dire qu'il n'y a rien à voir et lui demander ce qu'il fait là. C'est ça qui fait le passage un peu brutal de *Casa de Lava* à *Ossos* : ce n'est plus le cinéaste qui se demande ce qu'il fait là, c'est le spectateur auquel on demande d'emblée ce qu'il fait là et qu'on va mettre à la porte à la fin. On a franchi le seuil qui fait basculer de l'autre côté par rapport à la tradition narrative : ça raconte une histoire, mais la légitimité de raconter la vie sous la forme d'une histoire et de la regarder est d'emblée contestée.

CN | C'est un regard à la fois de désespoir total et de défi.

JR | Le défi, « vous n'allez rien comprendre », qui était adressé par les gens du Cap-Vert à la visiteuse, c'est ici l'habitant de la métropole lisboète qui le formule.

CN | « Je ne vais rien comprendre, mais je vais rester là quand même, je vais faire le film. » Et ce qui frappe, c'est le grand mutisme d'*Ossos* après un film qu'on pouvait dire assez bavard, au sens où il cherchait à dire. Même si dans *Casa de Lava* le cinéaste contrariait ce vouloir dire par un montage plein de trous, c'est quand même un film dans lequel il mettait du scénario, du dialogue dans la bouche des acteurs. Le cinéma de Costa, à part *Ossos*, n'est pas du tout mutique. *Ce film* est une exception entre deux autres où ça parle beaucoup, mais de deux manières très différentes – la parole dans la chambre de Vanda n'aura plus rien à voir avec les dialogues scénarisés de *Casa de Lava*. Quel est ce mutisme, comment l'expliquer ? Je le vois comme une décision de la part d'un cinéaste qui ne veut plus écrire de dialogues et les mettre dans la bouche des acteurs, mais qui ne sait pas encore comment fabriquer de la parole autrement, qui n'a pas encore trouvé la méthode pour écouter ses personnages, pour recevoir leur parole et travailler à partir de leurs propres mots. Le mutisme d'*Ossos* serait entre un refus et une incapacité.

JR | Il y a des figures qui sont là comme pour nier la possibilité d'une histoire, des figures *no future* qui ne se donnent même pas la peine de parler. Dans *Vanda* on parlera du malheur et on affirmera que « c'est la vie qu'on a choisie », mais ici il n'y a rien de tel. On tombe d'emblée sur une figure qui subit sa vie et sert de frontispice à cette histoire sinistre de suicide raté et d'assassinat réussi.

CN | Une figure qui ouvre un film zombie. Au sens d'un film un peu catatonique, qui marche mais sans destination, sans réelle progression, développement.

JR | Oui, même s'il y a encore ici ces trajets, qui disparaîtront ensuite, entre le centre de la ville et la périphérie où vivent les personnages, ces trajets sont pris dans une vie comme immobilisée. On n'est plus à la découverte de l'inconnu comme dans *Casa de Lava*. On s'installe dans un univers clos et dans un temps sans avenir.

CN | On n'est presque plus dans le régime de la narration, on bascule dans un régime qu'on peut dire allégorique.

JR | Oui, mais le regard de Zita n'en fait pas une figure picturale comme les filles du feu de *Casa de Lava*. Son regard n'est pas un mystère, simplement une agression.

2. Un suicide raté. Acte I
Plan du bébé sur le canapé entre Tina et la bonbonne de gaz.

JR | Ce qui frappe d'abord dans ce plan c'est la composition colorée, avec plusieurs verts et un jaune qui tire vers le vert, et des contrastes de lumières qui enfoncent le personnage de la jeune mère entre la bonbonne de gaz et le bébé. La jeune mère est présentée comme complètement indifférente à ce qui se passe et qu'elle a pourtant aménagé elle-même. Le son est sans équivoque : on entend le gaz qui s'échappe. On entend aussi le bébé qui babille. Elle est prise entre ces deux bruits, le babil de celui à qui elle a donné naissance mais qu'elle ne regarde pas, qu'elle a d'emblée mis à côté comme une sorte de déchet, et le bruit de cette bonbonne qu'elle a tirée là, qu'elle a ouverte, mais à laquelle elle ne pense pas non plus. Le personnage est là figé, ne voit rien, ne pense à rien. C'est comme l'antithèse totale des plaques sensibles que sont les « filles du feu » de *Casa de Lava*. Et tout se passe comme si la bonbonne partageait cette indifférence : elle ne tue pas alors qu'elle est là pour tuer. Il n'y a peut-être plus assez de gaz pour ça. Tina est trop épuisée pour vivre, la bonbonne trop épuisée pour la faire mourir. Il y a comme une double annulation du personnage, auteur de ce suicide qui n'arrive pas même à en être un. D'un côté, le personnage est fictionnellement nul. Il n'est donc en ce sens que documentaire. Mais cette existence « documentaire » est mise sur un régime fictionnel qui s'auto-annule.

Le seul personnage humain ici, c'est le bébé. On le suppose héritier des bébés du *Kid* ou du *Fils du désert* qui obligeaient les hommes entre les mains desquels ils tombaient à apprendre des gestes inédits. Ici c'est tout le contraire : le père et la mère biologiques n'ont pas même l'énergie d'un geste à son égard.

3. Un suicide raté. Acte II
Suite de trois plans avec Nuno entre l'espace du salon et celui de la chambre.

CN | Le non-raccord entre ces plans est exemplaire. Il y a d'abord ce long gros plan de Nuno. Même si son regard est perdu, il est insistant, on le perçoit comme un regard qui appelle un contre-champ. Mais non. On passe dans l'autre espace sans raccord regard, en changeant complètement de point de vue.

JR | Le non-raccord des plans est un non-raccord des espaces. Il y a un côté « travelling interdit » qui est très frappant ici. Il y a trois espaces – cuisine, salon, chambre – qui effectivement ne sont pas raccordés. On voit Nuno avec les yeux dans le vague. Voit-il quelque chose ? Le plan suivant qui nous montre Tina et le bébé sur le canapé fait contrechamp pour nous seuls. Tel qu'il nous est montré, Nuno ne peut pas les voir. Et il ne les voit pas. Il passe devant. Il n'y a plus de bruit de gaz, donc la bouteille est vide. Mais de toute façon il passe sans s'arrêter, sans prêter attention à l'agitation du bébé qui, pour nous, est un signe de vie. Au plan suivant on le verra dans la chambre où il va s'affaler sur le lit. On peut expliquer l'apathie des personnages comme effet de la drogue, mais, en même temps, on ne les voit jamais se droguer. Dans *Vanda* on verra les filles passer leur temps à préparer l'héroïne, ici pas du tout. L'explication est absolument hors-champ. Ce qui est mis en évidence, c'est que les personnages ne se voient pas, n'habitent pas ensemble. On ne verra pas Tina se réveiller pour aller le tirer du lit. Non, on le voit affalé sur le lit et tout à coup elle apparaît sans raccord des espaces ni bruit indicateur. Elle va le tirer du lit, inerte. Au plan suivant elle le traînera à côté d'elle dans le salon où rien ne se passera. Il y a des signes de vie autour d'eux, le bébé qui remue, les bruits du dehors, mais c'est comme s'ils n'entendaient rien. Le non-raccord des espaces souligne le fait que ces trois êtres n'ont aucun rapport entre eux. Sa façon de le traîner est une manière de ne pas le voir, de ne pas lui parler. Elle le tire sans doute pour le suicider avec elle, mais il n'y a déjà plus de gaz. À aucun moment le cinéaste ne nous dit ce qu'il s'est passé. C'est à la fois un film d'outre-tombe et une sorte de simulacre d'un gag burlesque des temps du muet – un Chaplin ou un Laurel et Hardy, je ne sais plus – où un personnage, désespéré de sa misère, se pend mais, comme la poutre est pourrie, elle lâche et il se retrouve par terre. Il y a un peu de ça avec l'absence de gaz. Mais ce rappel d'un gag des temps du *Kid* est un simulacre qui ne peut faire rire à aucun moment.

CN | La drogue n'est pas visible dans le film car elle est comme un présupposé. C'est la phrase du *Journal d'un curé de campagne*, que Costa aime citer, et qu'il fera dire à Ventura, modifiée, dans *En avant, jeunesse!* : « Ce n'est pas ce qu'elle a pris, mais ce qu'on a pris pour elle avant sa naissance. » C'est aussi la métaphore du gaz, le rapport entre gaz et drogue : invisible, mais déjà là, de tous temps, ça a agi et ça agira partout et en permanence. Que ces êtres prennent de la drogue ou pas, aujourd'hui, ils sont comme ça, c'est leur condition. La drogue produit ce mode d'être désaffecté, indifférent, qui ne peut que produire à son tour, pour le film, une absence d'histoire. C'est un film désaffecté. La manière dont le personnage passe devant l'esquisse de nature morte aux bouteilles est d'une extrême violence désaffectée.

JR | Cette nature morte, on a l'impression que c'est tout ce qu'ils ont, tout ce qu'ils partagent. Mais en même temps ça n'a aucun rapport avec les natures mortes magnifiques que Costa composera dans *Dans la chambre de Vanda* ou *En avant, jeunesse!* La nature morte aura dans ces films une fonction magnifiante, correspondant à la dignité donnée aux personnages. Ici ça n'arrive pas à être une nature morte, pas plus qu'ils n'arrivent à être des personnages. Ça montre surtout qu'ils n'ont même pas l'énergie pour se faire à manger. Et c'est sans aucune raison qu'elle sort de son assoupissement et qu'elle se lève pour venir le tirer hors du lit, ce qu'elle fait avec une force visuellement invraisemblable, qui est le symbole de la violence qui les habite.

4. Danse triste
Un bal au quartier ; une dérive dans les rues.

CN | On sent un immense plaisir à filmer cet espace : les murs, les couleurs, les matières. Il y a aussi ces personnages qui errent, qui déambulent, au bout de leur vie. Ça commence dans la scène de danse, avec Clotilde qui danse comme un pantin, son mari qui l'interpelle et elle qui reste indifférente à ce qu'il lui dit et au fait qu'il l'emmène assez brutalement. Quelque chose se joue entre l'insistance de Costa à filmer les murs, le décor, l'architecture, les escaliers, et cette espèce de vie qui circule là, dont on peut se demander à quel point c'est encore de la vie.

JR | Ces plans de danse, c'est aussi un rappel des fêtes de *Casa de Lava*. C'est le rappel qu'à Fontainhas la colonie cap-verdienne est encore un peuple qui danse, qui s'amuse, même si c'est le transistor qui remplace les crincrins. Mais sur le côté, à peine visible, il y a Tina qui est là, inerte, qui ne tient plus sur ses jambes. Elle tombe et elle est relevée significativement par une des filles du feu de *Casa de Lava*. Mais ce secours lui-même prend l'aspect d'un pacte plus ou moins mystérieux prononcé par un personnage qui est du côté des puissances obscures : une Afrique un peu mythique faite en même temps de gaîté débridée et de présence des morts. Et il y a le rapport étrange entre tout cela : l'aspect un peu *Vaudou*, le personnage totalement apathique et cette architecture de ruelles, de porches, d'escaliers qui pourrait être pleine de vie mais qui est ici plutôt une ville de fantômes, où des ombres passent sans qu'on sache très bien ce qu'elles font : ainsi Nuno qui semble chercher à se cacher derrière cet escalier sur les marches duquel Tina attend on ne sait pas bien quoi. Et puis il y a ce regard que Vanda, apparaissant tout à coup, porte sur Nuno : un regard qui condamne et annonce la suite.

CN | Dans tout le film Vanda joue ce rôle distinct, qui n'est évidemment pas étonnant quand on connaît la suite du travail de Pedro Costa avec elle. Elle est la seule à avoir un regard perçant, qui ne soit pas vide, un regard qui regarde. Et de ce point de vue-là, elle est aussi d'une certaine manière l'alter ego du cinéaste dans le film. Une présence qui ordonne par son regard.

JR | C'est comme s'il y avait une réalité du corps qui traverse le caractère conventionnel du rôle joué pour être le point de vue porté sur les autres acteurs. Il y avait déjà un peu ça dans *Casa de Lava* : des acteurs et actrices de profession, et des personnages dont on fait des acteurs et surtout des actrices improvisées qui deviennent les juges des professionnels.

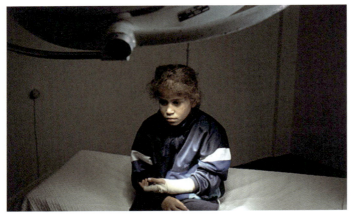

5. Une voix sans corps
Clotilde accompagne la petite fille à l'hôpital.

CN | Remarquable, dans ces deux plans, la manière dont les voix se détachent des corps, l'effet de flottement des voix dans l'espace, autour des corps. Ce moment condense quelque chose qui court dans tout le film : le détachement progressif de la parole des corps qui la profèrent.

JR | Il y a là quelque chose qui rappelle la circulation anonyme de la parole dans *Casa de Lava*. C'est un monologue, dit par Clotilde d'abord de dos dans l'autobus, puis entendu hors champ dans la salle de l'hôpital. C'est censé être un coup de téléphone à l'infirmière Eduarda Gomes pour lui proposer ses services. Mais ici apparemment Vanda ne fait que répéter son texte. Et à un certain moment, cela devient simplement sa vie qu'elle récite ou plutôt qui est récitée par sa voix. Cette voix semble venir d'ailleurs pour dire le destin du personnage. Pendant ce temps l'autre infirmière soigne cette petite fille qui est comme un rappel des enfants de *Casa de Lava*. Elle la soigne en silence tout en semblant écouter cette voix sans corps. On est dans une fiction-limite, un régime de parole qui circule sans bouche qui la profère, et même qui accuse l'absence de bouche qui la profère.

CN | Une sorte de parole intérieure, qui appuie le mutisme du film.

JR | Ça rappelle aussi ces scènes bizarres, dans le cinéma hollywoodien, où on voit un personnage dont on entend la voix, mais qui parle comme d'ailleurs, qui est en train de rêver, ou de penser à voix haute. C'est poussé ici à l'extrême, comme si le rapport entre l'infirmière et la femme de ménage était devenu complètement abstrait, symbolique. La voix absente qui résonne dans le silence contracte quelque chose comme un pacte mystérieux. Quand on a vu la fin du film on peut donner à cette conversation une fonction narrative : Vanda cherche à s'introduire dans cette maison de l'infirmière où Nuno s'est réfugié et où elle l'asphyxiera. Mais ici cette conversation est absolument hors de propos. C'est quelque chose qui semble se passer dans un autre monde.

CN | Oui, il y a presque un côté science-fiction, vaisseau spatial, dans la manière dont l'hôpital est représenté. Le procédé hollywoodien dont vous parlez, ces voix intérieures comme projetées, flottantes, à l'extérieur, quelqu'un à Hollywood l'avait déjà poussé à l'extrême : encore une fois Jacques Tourneur, notamment dans *Vaudou*. Sa reprise par Pedro Costa semble venir directement de là. Ça a à voir avec la magie, le maléfice, le mal. Une sorte de retournement du maléfice. Et c'est Clotilde qui a accès à ce registre de la parole, ce qui corrobore son statut singulier dans le film.

Il y aussi le geste de la main de la jeune fille sur la bouche de l'infirmière, qui rappelle fortement le plan très similaire du début de *Casa de Lava* que vous évoquez – les mains de la femme âgée qui saisissaient les cheveux de la jeune infirmière. Ce geste de bâillonner, ici, est étrange.

JR | C'est comme si elle lui disait de ne pas répondre. Comme s'il ne fallait pas répondre. C'est d'autant plus étrange que l'infirmière n'a aucune raison de répondre à un discours qui ne s'adresse pas à elle mais à l'autre infirmière. Tout le film est parcouru par ce jeu entre les deux infirmières qui se partagent le double rôle que jouait Mariana dans *Casa de Lava* : la soignante dévouée mais aussi l'intruse un peu perverse et éventuellement la touriste sexuelle. Dans cette scène, la première écoute en silence le faux dialogue qui s'adresse à la seconde, laquelle s'en ira à la fin prendre la place de Vanda dans le lit du père de la fillette. Ce dédoublement énigmatique participe à la destruction du personnage fictionnel.

6. La Porte fermée
Tina regarde la vie du quartier à travers la porte entrebâillée avant de s'enfermer chez elle.

CN | Une porte qui se ferme. Le spectateur laissé à la porte. D'un côté il y a une évidence à terminer ce film sur une porte qui se ferme, mais d'un autre côté ce « n'entre pas » final est étrange, parce que malgré tout on est entré. Il y a eu un film.

JR | Oui, il y a eu un film mais ce n'est pas seulement lui qui est fini. Tina a ici l'œil un peu plus vif et l'air un peu plus déterminé que dans le cours du film, comme si elle se faisait l'interprète du cinéaste lui-même pour nous dire non seulement : « L'histoire est finie » mais « les histoires, ou en tout cas ce genre d'histoire, c'est fini ». Derrière ces histoires de porte ouverte ou fermée on pense forcément à Ford, au début et à la fin de *The Searchers,* mais ici c'est différent : on ne regarde pas arriver ou partir le personnage de la fiction. C'est lui/elle qui regarde non pas un autre personnage mais le spectateur pour lui signifier de ne plus chercher à entrer. C'est presque la formule policière : « Circulez, il n'y a rien à voir. »

Cette fermeture, il faut peut-être la comprendre à partir des plans qui précèdent, où l'on voyait la vie du quartier et de ses habitants s'imposer soudain au détriment de l'histoire du couple de fantômes. C'est comme si c'était à cause de cela qu'elle fermait la porte. Dire cela, bien sûr, c'est porter un regard rétrospectif à partir du film suivant où, d'entrée de jeu, on sera dans le chambre de Vanda, on y regardera et écoutera tout ce qui se passe, mais où, aussi, la vie du quartier sera constamment présente. Ici il nous est signifié qu'il y a une manière d'entrer dans les chambres dont on ne veut plus. Ce dernier plan semble nous dire : « de cette histoire-là, il n'y a rien à voir de plus ».

CN | Là où *Casa de Lava* témoignait jusqu'à son terme d'une espèce de malaise quant à la question « qu'est-ce qu'on fait là, qu'est-ce que le cinéma vient faire là, quel cinéma faire ici »

– la fin d'*Ossos* confirme la grande fermeté du film. En forçant un peu le trait, on peut interpréter ce plan et ce geste comme une double adresse. Du cinéaste au spectateur : « Ce cinéma-là est fini. » Mais aussi du quartier, dont Tina serait la porte-parole de fiction, au cinéaste : « Tu n'as pas encore trouvé ton langage, ta manière de faire. » Encore une fois le mutisme du film, son opacité, sa noirceur... « Tu n'as pas encore trouvé l'accès à nos vies ». Il y a bien quelques plans où cette vie de quartier arrive, mais on sent que le cinéaste n'y a pas encore accès. Au fond cette vision très morbide, on peut dire qu'elle ne rend pas justice au quartier. De même que les personnages ne sont pas à la hauteur du décor dans lequel ils vivent, malgré la grande beauté du film, peut-être le cinéma n'y est-il pas à la juste hauteur de ce qu'il y a à voir, à entendre, à dire ici.

Dans la chambre de Vanda

1. D'une chambre à l'autre
La chambre des filles. La chambre des garçons.

CN | Le film commence dans une chambre, avec deux sœurs sur un lit. Ce n'est plus le temps très sculpté, découpé d'*Ossos*. Elles donnent le tempo, façonnent le rythme du plan-séquence, rythme évidemment altéré par leur consommation de drogues. Le cinéaste est là face au lit, il laisse l'action se faire, la scène se développer. Mais il y a cette chanson en français, qui agit comme un prologue, ou un long exergue au film : *Il est mort le soleil*. Je pense au roman de Ramuz, *Si le soleil ne revenait pas*. Dès ce premier plan, dès l'ouverture, Pedro Costa installe avec cette chanson une dimension contraire au prosaïsme de ce que l'on voit, une dimension de mythe, de légende, qui passe ensuite dans certains détails du dialogue des sœurs : les multiples noms de Pango, « le garçon qui habite chez la fille qui a tué son bébé », etc.

JR | J'ai un autre regard sur ce plan initial. Je suis d'abord frappé par le fait qu'on est d'emblée installé dans cette chambre, en contradiction avec le plan final d'*Ossos* qui fermait la porte comme pour dérober l'intérieur au regard. La chanson, je l'entends comme une image sonore du Portugal, avec ce côté un peu fado, à quoi répond la toux de Vanda. Cela me rappelle le début d'*Au hasard Balthazar* où la sonate de Schubert est interrompue par le braiment de l'âne. Ce qui me frappe ici est quand même un « effet de réel » très fort. Costa dit que le film est entièrement construit, que rien n'est improvisé. Mais c'est un effet de réel très brut qui s'impose avec les voix enrouées des deux sœurs, la toux de Vanda et la danse du ventre un peu obscène de Zita soulignée par la lumière tombant sur son nombril. Il y a au début de chaque film de Pedro Costa un changement brutal d'atmosphère : ici le prologue impose une réalité brutale qui n'a pas été dictée par le cinéaste et dont il va devoir savoir quoi faire, avec laquelle il va devoir reconstruire une fiction.

CN | C'est aussi un changement chromatique radical. Le vert des murs est un effet de réel – saleté, misère – mais aussi l'invention d'une couleur objet d'un travail de variation au long du film.

JR | Jusqu'au vert très cru de la cuisine, plus tard. Il y a aussi le blanc sale très violent du corsage de Vanda, alors que Zita tend à se fondre avec le lit dans une sorte de pénombre, avec juste un coup de lumière sur son ventre. Il est clair que ce sont elles qui imposent le cadre. Le cinéaste est là, dans leur espace et nous nous demandons pourquoi, puisqu'il nous avait dit à la fin du film précédent qu'il fallait rester à la porte. Ce renversement est intéressant : maintenant le cinéaste est à l'intérieur du décor créé par ces gens et c'est depuis cet intérieur, c'est-à-dire depuis son absence de maîtrise, qu'il va devoir construire le film.

CN | La séquence suivante installe un autre régime cinématographique : celui des garçons, de leur routine. L'opposition est forte. On retrouve un découpage de l'espace. Les femmes étaient dans la lumière, les hommes sont des ombres – ça reviendra dans *Vitalina Varela*. Et la forte présence du bruit du dehors. Il y a à la fois un effet de réalité brute et de composition très sophistiqué : structuration du plan entre ombres et lumière, dans la largeur et la profondeur, avec ce remarquable effet du battement de lumière comme indice de la destruction au-dehors.

JR | C'est l'effet d'énigme qui me frappe. Ça commence avec un bruit très violent dont on ne sait pas très bien ce que c'est mais qui est sans rapport apparent avec ce qui se passe et qui est également d'abord obscur. Petit à petit on arrive à comprendre qu'il s'agit d'une douche, en voyant ce corps nu, chose très rare chez Pedro Costa, qui reste partiellement dans l'ombre. On ne sait pas si on est dedans ou dehors. La construction de l'espace est effectivement très sophistiquée, avec ce plan d'abord serré, puis cet élargissement sur un espace structuré par des voutes et des colonnes qui donne une impression de bain turc. Il y a une dramaturgie de l'espace à laquelle ne correspond aucune distribution fonctionnelle. Et il y a une présence du dehors, opposée à l'espace clos de la chambre des filles, qui installe les corps masculins dans une dramaturgie visuelle de la lumière et de l'ombre. Le film se construit ainsi à partir de deux espaces hétérogènes : l'un absolument clos, l'autre sans séparation entre le dedans e le dehors. La présence du dehors est accentuée par le bruit qui, au début, nous rappelle une forge et que nous attribuons ensuite aux engins des démolisseurs, et par ces éclats de lumière venant de l'extérieur éclairer une planche à repasser dont on se demande ce qu'elle fait là. Avec la douche apparaît aussi d'emblée une obsession de la propreté qui parcourt le film. On est dans un taudis où des gens se shootent avec des seringues pourries, mais en même temps on y est introduit par un personnage qui se lave énergiquement. Et il sera continuellement question de propreté, question de nettoyer et de ranger. Cette obsession de propreté semble être la part des garçons, alors que dans la chambre des filles, il y a une espèce d'accoutumance à la saleté et au désordre.

CN | Oui, l'opposition est marquée entre un espace d'intimité, où la vie semble protégée, mais abandonnée au désordre et à la saleté, et un espace chaotique, de destruction, sans aucune intimité possible, mais paradoxalement travaillé par une obsession de l'ordre. Ces hommes perdus dans un espace en cours de destruction passent leur temps à y résister, à y opposer une obsession de l'ordre et de la propreté. C'est déjà le programme de *Vitalina Varela* : reconstruire. Opposer à la force de destruction une force de reconstruction, même par la mise en œuvre la plus minimale. Ce bruit de forge, au début, connote un espace infernal. Et c'est le nuage de poussière montant dans la lumière qui fait comprendre la vraie nature de ce bruit. Là, on comprend : destruction.

2. Ni dedans ni dehors
Les ruelles du quartier.

CN | C'est le même quartier que dans *Ossos* mais on le reconnaît à peine. Il est filmé tellement différemment. Costa installe ici un type de plans qu'il travaillera de film en film jusqu'à *Vitalina Varela* : ces ruelles filmées dans la profondeur. Il arrive qu'on hésite : est-ce une ruelle ou un couloir ? On est à nouveau à la fois dedans et dehors, ni dedans ni dehors. Le montage enchaîne trois déplacements de personnes dans trois plans composés exactement de la même façon, comme si cet espace n'était qu'un unique couloir où se perpétue une étrange procession.

JR | Ce qu'on a ici de manière assez systématique, c'est la représentation de la rue comme labyrinthe, ce qui sera poussé à l'extrême dans *Vitalina Varela*, où il faudra quitter le quartier pour être vraiment dehors. Ici c'est un dedans/dehors, et on a l'impression que la tournée de Vanda en vendeuse de légumes n'est faite que pour déployer cet espace, qu'on la fait sortir de la chambre pour cela. Il y a un double effet : d'enfilade, avec de la lumière, mais aussi de labyrinthe duquel on ne sort jamais sauf à la fin. C'est ce qui est frappant dans ce film : la destruction fait la lumière. Tout d'un coup, les murs sont éventrés, il y a la lumière et la couleur. C'est fort, ce lien entre la destruction et les effets de lumière colorés qu'elle provoque, très différents de la lumière blanche des quartiers modernes d'*En avant, jeunesse !*

CN | Cet effet de couloir, de labyrinthe, produit à la fois une percée dans la profondeur et une forte réduction du visible, cela centre le visible dans le plan. Dans *Vitalina Varela* cette réduction sera accentuée par le noir, l'obscurité, ici elle est produite par la manière de cadrer l'architecture, de filmer l'espace. C'est à la fois une ouverture et une fermeture, qui condense et réduit. Ça conduit à interroger le statut de la lumière, de la visibilité dans le cinéma de Costa, de la valeur qu'il leur accorde. Une primauté est donnée à l'ombre, à l'intimité, par la réduction du visible.

3. La Forteresse écroulée
Plan large sur les destructions qui laisse apparaître les immeubles modernes à l'arrière-plan

JR | On voit apparaître tout d'un coup les immeubles, c'est la forteresse qui s'effondre, la forteresse où une forme de vie s'est construite. On la voit tout d'un coup s'écrouler et livrer en même temps sa beauté, ses jeux de lumière, d'ombres, de couleurs qui au grand jour deviennent très crues. Un monde est en train d'être mis par terre au nom d'une certaine sorte de vie nouvelle, de modernité illustrée par ces barres qui apparaissent. Apparaît aussi le ciel, et tout se passe comme si, quand le ciel apparaît, un espace de vie s'effaçait. Le mal absolu c'est quand il n'y a plus que du dehors.

CN | C'est déjà presque le ciel noir du quartier moderne de Casal da Boba dans *En avant, jeunesse!* Le ciel comme un aplat. Ce plan rappelle aussi celui du chantier au début de *Casa de Lava*. C'est la même manière de cadrer en contre-plongée, de théâtraliser l'espace. C'était un chantier de construction, ici c'est un quartier en destruction, mais c'est filmé un peu de la même manière, comme le sera aussi le premier plan d'*En avant, jeunesse!*

JR | C'est cet effet de muraille mycénienne qui parcourt tous ces films.

4. Une femme dont on parle
Plan rapproché sur un visage de femme qui fume dans la rue.

CN | Arrêtons-nous sur Geny, personnage à la fois secondaire et important. C'est le seul plan où elle apparaît. Un véritable portrait, au début du film. Elle reviendra à la fin, mais simplement évoquée, dans une scène magnifique entre Vanda et Pedro qui parleront d'elle après sa mort. Ce plan est majestueux, avec cette double perspective d'un côté vers la ruelle, l'extérieur, de l'autre côté vers l'intérieur, et Geny installée au pli des deux. Remarquable aussi le rapport du visible et du sonore, la manière dont le portrait est complété, dont Geny est parlée par le hors-champ. On peut parier que ce rapport du son au visible est élaboré au montage, qu'on n'est pas en train d'assister à un moment de vie saisi par la caméra.

JR | C'est un cas intéressant de composition du personnage. Ici, c'est d'abord un visage ; elle regarde à droite et à gauche, elle écoute, elle ne dit rien. On saura qui elle est par des voix qui restent off. L'une nous dit que sa maison a été détruite, l'autre fait une plaisanterie grasse en lui proposant son lit puisqu'elle n'a plus où coucher. Plus tard, quand elle sera morte, nous apprendrons que c'était une femme qui venait d'ailleurs, qui avait eu une vie « normale » mais que l'addiction à la drogue avait fait échouer dans ce quartier. Pour l'instant, nous ne savons pas d'où elle vient – sinon de la tradition picturale. Nous avons là une figure narrative typique du genre de fiction que commence à façonner Pedro Costa : il y a la présence brute d'une figure énigmatique, et cette présence muette est parlée par d'autres, par des voix, souvent hors champ qui disent son histoire. Ainsi se constitue le récit d'une expérience qui est incarnée dans des personnages visibles mais en même temps anonymisée par la séparation de l'image et de la voix. Il y a des corps qui sont là, qui nous regardent, un peu comme un défi, mais ce sont d'autres qui les identifient et les narrativisent, qui disent d'où ils viennent, pourquoi ils sont là et ce qui leur arrive. Cette scission de la figure, c'est aussi une manière de la faire échapper à notre possession. Si exposés et destitués qu'ils soient, ils gardent face à nous leur épaisseur. La porte reste fermée à un certain type de maîtrise. On ne peut pas cumuler les bénéfices du documentaire et ceux de la fiction.

CN | Le son est extrêmement stratifié, feuilleté. On croit d'abord entendre une espèce de reggae déformé, ralenti, qui ressemble étrangement au crincrin du violon dissonant de *Casa de Lava*. Cette musique se fond dans la rumeur du quartier, une rumeur très riche alors que le plan est vide de toute présence, de toute vie autre que celle de Geny. C'est très pictural au sens où l'espace architectural ne semble être là que pour structurer le portrait, et non comme un espace habité. Mais ce qui anime le plan, ce sont les regards de Geny, et la manière dont les voix s'accordent aux regards, comment ces regards semblent répondre aux voix qui disent sa vie. Mais cette résonance harmonieuse des regards de Geny et des voix hors champ produit aussi un effet d'étrangeté, d'artifice. Comme si elle entendait des voix, au sens d'une hallucination.

JR | Oui, elle a un côté un peu gitane, un peu sorcière aussi. Elle semble entendre des voix et elle est celle qui pourrait interpréter ce qui se passe, qui pourrait dire l'avenir. Mais précisément elle ne dit rien.

5. Les Épuisés
Conversation entre Paulo et Rouquin.

CN | C'est un très long plan, une très longue conversation, et un très beau double portrait. Un très long récit de choses passées, où il est question de maison, de meubles, d'incendie. Le motif de l'incendie sera décisif dans *En avant, jeunesse!* et reviendra dans *Vitalina Varela*. Le dialogue convoque une grande violence, une image mentale de fureur, mais l'image visible est celle d'une grande apathie, à la limite du discernable. Évidemment la drogue contribue beaucoup à cet épuisement, qui dicte la temporalité du récit et la qualité du plan qui le recueille. La durée en vient à épuiser le temps : ce dialogue pourrait être infini.

JR | C'est une plainte sans fin. C'est la misère vécue comme misère. C'est un plan très sombre ; on voit à peine celui qui parle, un peu plus celui qui écoute. Il y a l'irruption par la parole d'une violence qu'on ne voit jamais. Visuellement on avait le sentiment que la violence, c'étaient les bulldozers qui venait mettre à bas une vie qui avait l'air assez conviviale et fraternelle. Mais les deux personnages nous évoquent ici une autre violence : les petits jeunes qui lancent des pierres et qui ont mis le feu à la maison. Ils parlent de cela dans l'ombre avec des voix très fatiguées, comme si le simple fait d'en parler les faisait souffrir, comme s'ils étaient des êtres mutiques que le cinéaste oblige à parler. C'est un mode de parole inverse de celui qui règnera dans *Vitalina Varela,* où les personnages apparaissent bien droits et marquent un temps de silence avant de dire leur couplet. Ici on a l'impression d'un malheur qui accable : ils vont le dire mais comme s'ils étaient forcés à le faire. Il y a une fatigue qui est très prégnante, totalement opposée à l'énergie straubienne qui sera celle des personnages de *Vitalina Varela*. Ils parlent comme des gens qui se seraient laissé mourir, qui sont déjà de l'autre côté, des ombres, des spectres. Il y a une violence terrible, outre celle qui est évoquée et qu'on ne voit jamais, dans cet accablement de gens qui semblent ne pas résister.

6. Le Travail de l'art
Rouquin gratte la table avec un couteau.

CN | C'est une des plus belles séquences du film. Elle témoigne de l'humour que l'on trouve par moments chez Pedro Costa, un humour désespéré, absurde. Ces deux garçons sont chassés, ils doivent quitter la maison qui va être détruite, et Rouquin nettoie méticuleusement la table dont on comprend qu'il veut la garder, contre l'avis de Nhurro.

JR | C'est l'obsession un peu folle de ces gens, qui ont une vie désordonnée mais veulent que les choses soient en ordre. Habituellement c'est Nhurro qui est l'homme d'ordre, là c'est un autre qui est pris par cette folie, qui est aussi un peu celle de Pedro Costa, de donner de la beauté à un espace en destruction. Cette table lui a servi à beaucoup de gros plans tout à fait extraordinaires, éclairés par de petites bougies qui sont peut-être là parce qu'il n'y a pas d'électricité, mais qui donnent un côté pictural à l'image. À l'obsession du personnage qui aime que les choses soient en ordre au milieu du chaos, correspond celle du cinéaste qui aime que les choses soient belles, picturales dans ces espaces délabrés. Il n'arrête pas de vitupérer le « cinéma d'art. » Et en même temps il a cette passion incroyable pour la nature morte, pour le portrait. Cette passion est la manifestation de son immense respect pour les personnages, qui s'exprime ici d'une manière picturale et qui, dans les deux derniers films, prendra davantage une forme théâtrale et musicale. Il s'agit de les montrer comme des gens qui font de l'art à leur manière, qui, d'une certaine façon, sont tout le temps au travail. Rouquin gratte la table, Vanda gratte son annuaire, ça n'a rien de bien exaltant, mais quelque chose dans ce grattage obstiné s'impose comme une espèce de santé, un désir de monde, auquel répond le travail incroyable de la lumière effectué autour de cette table par le cinéaste.

CN | Oui, ce qui émeut ici, c'est la solidarité entre ce que fait le cinéma et ce que font les personnages. Ils participent ensemble, chacun à sa place, à l'élaboration du portrait dans le temps. Et à la composition de la nature morte : on dirait qu'un assistant vient poser la bouteille qui manque pour équilibrer la composition, mais ce n'est pas un assistant, c'est le personnage.

JR | Oui, mais on peut voir cela à l'envers : la question du personnage qui demande où est passée la bouteille semble un pur prétexte narratif. Il faut la remettre parce qu'elle est nécessaire à un effet de lumière sur un objet transparent.

CN | Cette lumière est extraordinaire. Elle vient du dehors, or ces effets de lumière d'une picturalité qu'on peut dire classique, avec la source lumineuse visible, qui découpe l'encadrement de la fenêtre, sont rares chez Pedro Costa. Et puis Rouquin est élégant, il a mis une belle veste jaune. C'est très beau cette liberté que se donne Pedro Costa pour, ici très franchement, accorder beauté et élégance à ses personnages. De cette liberté et de cette volonté, cette suite de trois plans a quelque chose d'un manifeste. Mais avec cette beauté va une grande cruauté burlesque : balayer le sol d'une maison qui va être détruite. De la tension entre la destruction et ce soin absurde naît un humour sombre, désespéré. Cette séquence se prolonge et s'achève un peu plus tard avec un quatrième plan : le magnifique portrait de Rouquin qui regarde la caméra en souriant. L'association entre Rouquin et l'oiseau traverse tout le film. Elle est parfois visible, parfois seulement sonore, comme ici où l'on entend le chant d'un oiseau hors-champ, associé au personnage en gros plan. Là encore, peinture, maîtres anciens : « Portrait de jeune homme avec un oiseau », « le jeune homme à l'oiseau ». C'est peut-être l'oiseau en cage des milieux populaires, mais c'est plus que ça : c'est une logique de portrait qui court au long du film, par l'association du personnage à un animal.

JR | Ces chants d'oiseau reviennent souvent, jusque dans *Vitalina Varela*. Ici, c'est une composition à trois : la voix hors champ qui dit la misère, le visage extraordinairement attentif, et le chant d'oiseau. La misère du discours, la beauté de l'écoute, et le chant qui vient condenser ça.

DANS LA CHAMBRE DE VANDA 109

En avant, jeunesse!

1. Les Requins et la furie
Clotilde jette les meubles par la fenêtre avant d'évoquer sa jeunesse au Cap-Vert.

CN | Le premier plan du film, monumental, établit immédiatement la norme d'une esthétique très différente de celle de *Dans la chambre de Vanda*. Ce dernier film installait une sorte d'égalité de niveau entre Pedro Costa et Vanda, le personnage qu'il filmait. Ici ça commence par une contre-plongée, l'espace est distordu, l'action est antinaturaliste. Ainsi la première impression est qu'avec ce plan, Pedro Costa et son cinéma opèrent un saut dans une dimension toute nouvelle.

JR | Ce qui est impressionnant c'est effectivement l'opposition entre deux manières de cadrer l'espace. Dans *Vanda* la caméra devait se loger dans l'espace étriqué de la chambre. Ici on est toujours dans un quartier pauvre mais, sous son éclairage nocturne, cette muraille semble être celle d'une antique forteresse. Nous sortons d'un espace étriqué, nous entrons dans un espace d'action tragique. Nous ne savons pas très bien ce qui se passe mais nous nous sentons d'emblée entrer dans un nouveau genre de récit en même temps que dans un nouvel espace.

CN | Oui, c'est un espace-temps tragique, on peut même dire mythologique, où les gens du quartier ne vont pas seulement jouer leur vie mais établir un tout nouveau rapport à leur propre histoire. Et le second plan, avec Clotilde, est l'expression directe de ce nouveau rapport au temps et à l'espace établi par le premier. Clotilde est une apparition mythique. Sa manière de parler installe un mode de récit qui remonte à une tradition de parole très ancienne, une manière de s'adresser au passé et à l'origine de quelqu'un.

JR | De même que le bâtiment semble émerger de nulle part, de même Clotilde n'apparaît plus comme un membre de la communauté, une habitante du quartier. Nous ne savons pas qui elle est ni d'où elle vient. Bien sûr elle nous raconte son histoire mais cette histoire est celle d'une apparition, qui disparaîtra juste après ce plan. Elle parle dans un décor de tragédie et d'une manière qui est nouvelle dans le cinéma de Pedro Costa. Dans *Ossos* on était dans un univers quasi-mutique, dans *Vanda* il y avait une conversation familière ininterrompue. Mais ici la manière de parler de ce personnage n'a plus rien de naturaliste. C'est celle d'une héroïne antique dont les accents évoquent les grandes figures tragiques de la vengeance comme Médée ou Clytemnestre.

CN | Son récit fait venir aussi la première présence animale d'un film qui en comptera d'autres. Peut-être cette présence insistante des animaux a-t-elle à voir avec une sauvagerie très ancienne. Les animaux signifient à la fois une violence primitive et un enchantement originel. C'est l'élément même du conte ou du mythe.

JR | Cela concerne aussi l'aspect physique du film. Il n'y a pas seulement le fait qu'on parle des animaux – les requins évoqués par Clotilde ou les lions que Ventura verra sur le mur de Bete. Cela concerne la façon même dont Clotilde et Ventura apparaissent eux-mêmes, comme d'étranges animaux. Le regard farouche de Ventura évoque le tigre plus que l'homme ou plutôt le tigre dans l'homme. Il y a ce mélange de sauvagerie et de noblesse. Ventura a quelque chose d'un lion-roi. Mais aussi c'est une façon de distinguer ces personnages.

CN | C'est un prologue : Clotilde met en place un univers, une manière de parler, de raconter des histoires. Elle est là pour poser le ton et pour installer le royaume imaginaire d'où Ventura émerge ensuite et dans lequel il se met à dériver. C'est une figure très massive, très statique et droite qui s'oppose à la dérive de Ventura. À certains moments du film nous ressentons d'une manière étrange, mystérieuse, que les gens et les choses n'appartiennent pas tous à la même qualité de temps et d'espace. Impressionne aussi cette manière de parler en images, que nous retrouverons dans la suite d'*En avant, jeunesse !* C'est un discours imagé, figuré, et non pas un discours général sur qui ils sont, sur la manière dont ils vivent et souffrent. Il s'agit de redire de petites histoires avec des détails très précis et triviaux. Et parce qu'ils sont très simple, très définis, ces petits détails, le garçon qui pleure, les requins, ont une portée très vaste.

JR | Oui, et il y a aussi ce couteau qu'elle brandit et qu'on prend d'abord pour une torche. C'est à la fois un objet familier, une surface de lumière et un instrument destiné à trancher. Il y aura deux autres couteaux dans le film : l'étrange couteau-stylet avec lequel Lento dessine des figures énigmatiques sur la table pendant que Ventura met le disque ; mais aussi le long couteau de cuisine qu'il fait briller dans l'embrasure d'une fenêtre quand ils sont barricadés dans leur logement, effrayés par les militaires de la révolution de 1974. On pense aussi à *Dans la chambre de Vanda*, au couteau avec lequel Rouquin gratte la table. Là encore on est dans la relation du familier à l'épique ou au tragique.

CN | Oui, le familier est immédiatement transfiguré en épique. Cette idée du couteau comme une torche est très importante. L'esthétique du film repose à nouveau sur une réduction, une concentration du visible qui vise à moins montrer pour exprimer davantage. Il s'agit de laisser le moins d'éléments visibles dans le cadre pour leur donner un immense pouvoir de mettre en lumière. Les objets sont plus que des objets : ils sont la lumière même, les sources de lumière.

2. Le Conflit des esthétiques
Ventura à la Fondation Gulbenkian.

CN | Les positions politique et esthétique du film semblent ici manifestées dans leur plus grande clarté. Mais pour les saisir dans leur subtilité, il faut revenir à la séquence précédente, dans le baraquement de Ventura et Lento. La couleur y est impressionnante. Ce sont d'abord deux taches de couleur très vives dans le noir, jaune-vert du pull de Lento, rayures bleu-électrique du vêtement de Ventura. Puis vient le plan avec les bouteilles posées sur la table près de la fenêtre, qui est manifestement une nature morte. C'est comme si Pedro Costa disposait les éléments de sa peinture. Rien d'étonnant à ce que nous sautions sans transition, au plan suivant, dans un musée.

JR | Ce saut est en même temps une continuité et une rupture. Il y a une rupture narrative : nous sommes dans le baraquement de Lento et Ventura, nous entendons la voix de Ventura et, à l'arrière-plan, la voix de Lento l'appelle. Ils sont censés partir travailler mais au plan suivant nous sommes devant un tableau de musée. C'est une rupture : il n'y a aucune raison qu'ils soient là. Mais aussi il y a continuité : nous passons d'un tableau – la nature morte sur les bouteilles – à un autre tableau. Il y a beaucoup de natures mortes dans les films de Pedro Costa. C'est pourquoi certains l'accusent d'esthétiser la misère. Effectivement, il ne s'agit pas ici d'opposer la richesse du tableau à la misère du baraquement mais de sauter d'un cadre à un autre. L'obscurité et le silence accusent le contraste. La nature morte sur les bouteilles était intensifiée par les bruits du dehors. La peinture incluait le monde qui l'environnait. Ce n'est plus le cas avec le Rubens. C'est la question posée ici : qu'est-ce que l'art inclut ? Le problème n'est pas d'opposer la magnificence de la peinture à la misère du logement des ouvriers. Non, la question ici, c'est : qu'est-ce que ça veut dire de faire un tableau ? Le saut entre les deux plans n'oppose pas la richesse à la pauvreté mais deux types de richesse.

CN | Ce saut du plan sur les bouteilles aux tableaux du musée est, pour Pedro Costa, une manière de contester l'aliénation dont Ventura est censé être la victime. C'est le musée qui est un lieu d'aliénation, de privation. Le « fils » de Ventura, qui vient du même quartier que lui, lui dit qu'il n'est pas bienvenu, pas à sa place ici. Et Pedro Costa, mettant en scène Ventura comme un roi dans le musée, répond : bien sûr que si, il est à sa place, il est accordé à l'espace du musée comme il l'est à celui du baraquement. Ventura est digne de la grande peinture tout comme les personnages bourgeois, nobles ou bibliques accrochés aux murs du musée. L'utilisation de la lumière dans cette séquence est impressionnante. C'est comme si chaque plan composait une autre peinture, qui met ensemble les corps de Ventura ou du gardien et ceux des personnages sur les murs, comme si Pedro Costa composait avec eux des tableaux qui contestent la séparation, l'aliénation dont Ventura est la victime.

JR | C'est très impressionnant en même temps l'attitude de l'employé noir qui vient parler silencieusement à l'oreille de Ventura pour lui dire « ce n'est pas ta place », puis, quand Ventura est sorti, revient pour effacer avec son mouchoir la trace que celui-ci a laissée sur le sol. Il serait facile de voir dans cette séquence la dénonciation de l'art comme monde de la « distinction » et du raffinement élitiste qui exclut du musée les travailleurs qui les ont construits. Mais la politique de Pedro Costa est bien plus subtile. Elle consiste à confronter deux sortes d'art. Le monologue, de caractère épique, dans lequel Ventura raconte son histoire, fait écho au monologue de Clotilde au début mais aussi à l'art des natures mortes de Pedro Costa. Ce qui manque à l'art du musée est le bruit du monde alentour et tout l'univers d'expérience de ces gens.

CN | Oui, et ce qui y manque est cette continuité du temps dont leur vie est faite. Nous pourrions aller jusqu'à voir le film comme une sorte de musée. Pedro Costa oppose sa propre idée du musée au musée de la distinction et de l'expropriation.

C'est un musée différent parce que c'est un lieu où non seulement des images, des peintures, des natures mortes, des portraits mais aussi des récits, des histoires, des contes sont collectés et assemblés pour lier le passé et le présent et pour donner image, voix et mémoire à ces personnes qui, dans leur vie, en sont trop souvent privés.

JR | Cette idée de l'art qui est la sienne est très loin de l'image que certains ont de lui comme d'un artiste «formaliste», héritier de cinéastes comme Tarkovski. Pour Pedro Costa, l'art doit recueillir et condenser l'expérience des gens, toute la richesse qui est contenue jusque dans un monde qui est vu comme celui de l'indigence. Il doit enregistrer cette richesse d'expérience et la restituer à ceux auxquels elle appartient. Le musée ignore cette opération de capture et cette exigence de restitution de la richesse de tous. Sur ses murs tout se passe comme si c'était l'art qui descendait de son propre monde pour être offert en cadeau aux visiteurs. Pour comprendre l'art que Pedro Costa lui oppose, il faut lier cet épisode à ceux qui sont consacrés à la récitation de la lettre d'amour.

CN | Il le dit d'une manière très simple : ma tâche est de construire l'archive de ce peuple, d'archiver sa mémoire. Et la lettre relève de cette mémoire. Elle fonctionne dans le film comme un refrain, répété sur des tons différents, à chaque fois modulé différemment. Ce que Ventura fait en répétant la lettre est exactement ce que le cinéaste fait avec les acteurs quand il travaille avec eux. Cette densité du récit d'expérience, il l'atteint par la répétition, la modulation. C'est ainsi que la série de séquences avec la lettre exprime aussi son idée de l'art et du travail.

JR | Oui, la lettre scande le film. Elle apparaît comme une réponse au musée. C'est comme si Ventura disait : c'est cela notre art, un art qui n'est pas coupé de l'expérience vivante et qui fait le lien entre ceux qui sont encore en Afrique et ceux qui travaillent au Portugal ; un art qui exprime l'amour, qui exprime la vie. Nous n'apprenons rien en regardant le Rubens. Mais la lettre, elle, est une forme de transmission de l'expérience, une manière de lier le personnel à l'impersonnel. Il faut apprendre la lettre anonyme pour apprendre à parler à la personne qu'on aime.

CN | La lettre s'oppose aussi au musée en contestant l'opposition entre la grande culture et la culture populaire. Montage de lettres d'émigrés cap-verdiens et de la dernière lettre de Robert Desnos à la femme qu'il aime, elle fond ensemble ce qui est supposé être la grande poésie avec l'expression des émigrés. C'est encore le cœur de la politique de Pedro Costa. Et c'est lié à une vieille tradition portugaise à laquelle il est très attaché : une tradition de poésie orale, faite par des paysans illettrés qui, sans jamais rien écrire, composent et apprennent par cœur tout au long de leur vie des milliers de poèmes. Antonio Reis, professeur et maître de Costa à l'école de cinéma, a fait un travail important de récollection de cette poésie orale. On peut aussi voir la lettre comme le moyen pour Costa d'établir un lien entre les migrants cap-verdiens et cette vieille tradition poétique tout à fait étrangère au monde officiel de la littérature.

3. La Maison des morts
Ventura dans la maison de Bete ; les ombres et les taches sur le mur.

CN | Cette scène est en opposition très frontale avec celles qui se passent dans les nouveaux appartements blancs, dans les « logements sociaux » stériles, sans imagination. Dans la maison de Bete, au contraire, on peut voir des images sur le mur. C'est encore un lieu où le présent peut être lié à un passé et à un futur.

JR | En même temps il y a un étrange rapport entre espace et temps. Nous sommes d'abord dehors. On nous dit que c'est l'enterrement de Zita et une étrange phrase de Bete nous dit que, dans la maison des morts, il y a beaucoup de choses à voir. Il semblerait donc que nous entrions dans la chambre de Zita, la morte, qui est mise en une relation plus ou moins mythique avec la chambre des morts de la religion égyptienne. Nous sommes dans un espace où l'histoire s'est inscrite sur les murs mais où nous pouvons aussi imaginer une multitude d'images et d'histoires dans leurs tâches et leurs fissures. Cette relation entre la maison des pauvres et la maison des morts forme une opposition évidente avec l'épisode du cube blanc.

CN | Pedro Costa l'explique d'une manière très simple à propos de l'ombre de la jambe de Ventura sur le mur. C'est une idée très basique de la projection. Il y a des images projetées sur le mur, vous pouvez les voir et les interpréter. Vous pouvez aussi les rêver.

JR | Il y a aussi un point important en relation avec la séquence du musée. En un sens le mur blanc, c'est aussi l'espace de l'écran. Or l'art de Pedro Costa est un art de la lumière et de la couleur qui joue avec la multitude des nuances de couleur qu'il y a dans les maisons des pauvres de Fontainhas. Et tout son art du cinéma est une perpétuelle modulation de la lumière et de la couleur qui est aussi une manière de recadrer et de redessiner continuellement l'espace de vie de ces gens. Il y a une exigence que ce qui apparaît sur l'écran soit le produit de tout un travail d'invention collective lié à une forme de vie. C'est ce qui disparaît complètement avec les surfaces blanches sans couleur et sans taches du cube.

CN | Les seules images qui peuvent apparaître sur ces surfaces blanches, dans ces cubes, ce sont celles de la télé que Vanda regarde tout au long de la journée. Ces séquences chez Vanda peuvent paraître très ternes, très plates en regard du reste du film, mais elles sont là pour exprimer une aliénation bien plus profonde que celle que les habitants vivaient dans leur ancien quartier. Ici les seules histoires ne sont plus les leurs, ce sont celles de la télévision.

JR | Oui, mais il ne s'agit pas de louer le vieux baraquement contre le cube blanc en disant : c'était si formidable avant. L'important est que dans cet espace ils pouvaient trouver le moyen de vivre à la hauteur de leur destinée qui, bien sûr, inclut la mort et beaucoup de choses sombres.

CN | Pedro Costa ne romantise jamais cette vie. Il la montre d'une manière crue et tragique. Mais au moins c'est leur vie et ils peuvent la dire.

Notre homme

1. Un homme à terre
Devant un immeuble moderne, Ventura écoute la plainte d'un homme à terre.

CN | *Notre homme* est le produit de la réunion et de l'articulation de deux courts-métrages réalisés en 2007 par Pedro Costa, *Tarrafal* et *The Rabbit Hunters*. Il se situe dans l'intervalle entre *En avant, jeunesse!* et *Cavalo Dinheiro* – davantage dans le prolongement d'*En avant, jeunesse!* Ce qui surprend d'emblée dans ce film, c'est son caractère diurne, son atmosphère prosaïque, de quotidienneté, qui tranche avec la dimension mythologique d'*En avant, jeunesse!* Par exemple, on retrouve le nouveau quartier de Casal da Boba, mais alors qu'un ciel noir contrastait fortement avec le blanc des immeubles dans *En avant, jeunesse!*, ici les immeubles blancs se découpent sur un ciel également blanc, plus naturel. Dans quel espace, dans quel temps se trouve-t-on?

JR | Il y a plusieurs types d'espaces et de temporalités, comme dans *En avant, jeunesse!* Ce qui me frappe, dans ce film, c'est que même si c'est diurne et prosaïque et si Ventura ici fait vieil ouvrier plus que roi en exil et observateur plus que juge, on est pourtant dans une dimension mythologique. On comprendra seulement plus tard que ce sdf qui est par terre et raconte sa vie de misère est déjà mort par rapport à la chronologie de l'histoire. C'est ce thème très fort chez Pedro Costa des morts-vivants, sauf qu'ici c'est une mort sans cimetière, sans souterrain, sans morgue, qui est installée complètement au cœur de la vie. Cette lumière crue surprend, certes, alors qu'on retrouve les mêmes espaces que dans *En avant, jeunesse!* (le quartier moderne, l'escalier de l'immeuble social par où monte Ventura), mais c'est une manière de mettre le séjour des morts dans un type normal de lumière et d'environnement, au lieu de créer, comme à la fin d'*En avant, jeunesse!,* un espace spécifique.

2. Paysage serein
Plan de José Alberto assis dans le jardin, face au paysage.

CN | Ce plan surprend par son ouverture sur le paysage, qui avait disparu du cinéma de Pedro Costa depuis *Ossos*. C'est une vue dégagée depuis une sorte de jardin, une percée dans le lointain. Quand on découvre ce film, je crois qu'on est surpris par ce vert, qui n'est plus celui des murs, mais celui de la nature, et par cette ouverture sur le lointain, sur un paysage inscrit dans une géographie réelle, de banlieue. Par ailleurs, le jardin sera un lieu essentiel de *Vitalina Varela*.

JR | Il est clair que l'on se trouve ici en contradiction avec le parti pris affirmé par Pedro Costa, celui de s'installer, sinon de s'enfermer, dans des chambres, de se concentrer sur ce qu'il appelle l'intime. Ici on est dans un lieu de passage. Mais passage veut dire plusieurs choses à la fois. Il y a d'abord le fait qu'on ne sait pas à qui appartiennent ce jardin et ce baraquement. N'importe qui peut y être, notamment ce jeune homme qui va être expulsé mais pour lequel ce n'est pas un abri, seulement un cadre. Mais passage veut dire aussi rapport entre des espaces différents. Le jardin chez Pedro Costa renvoie souvent à une sorte de paysage d'origine, même si ce que nous voyons ne ressemble en rien à un paysage du Cap-Vert. Le jardin évoque la maison et la vie agraire abandonnées. Le paysage fait passage entre ce jardin des origines et le décor urbain. Dans *Vitalina Varela*, ce sera ce lieu complètement indécis, où on peut faire pousser des légumes mais qui deviendra le Jardin des Oliviers, un lieu de transition vers la croix, vers la mort.

CN | Le point de vue, sur le seuil, fait à nouveau penser à John Ford, à *The Searchers*. Venant après le long premier plan, en deux temps, entre José Alberto et sa mère, vient celui-ci, il installe un espace radicalement autre. Mais la forme architecturale en amorce peut aussi laisser imaginer qu'il est pris depuis l'intérieur de la cabane où a eu lieu la conversation précédente.

Si l'on regarde le point de montage, me frappe cette manière de disjoindre tout en proposant un possible raccord.

JR | On peut dire effectivement qu'il y a ici une perspective large qui n'est pas habituelle dans les films de Pedro Costa et qu'on peut imaginer comme un regard panoramique que les migrants venus de la campagne portent sur la terre portugaise. Le film a commencé avec la longue conversation de la mère et du fils qui évoque le Cap-Vert et qui donne le ton, puisque c'est une histoire de vampire et que les films de Pedro Costa sont toujours des histoires de vampires, en hommage à Jacques Tourneur. Et il y a maintenant la sortie de la cabane et le regard sur cette terre portugaise où les compagnons d'Alfredo sont soumis à une autre sorte de vampirisme. C'est peut-être une façon originale de raccorder un récit légendaire sur les morts-vivants à un récit sur cette autre sorte de morts-vivants que sont les travailleurs migrants venus perdre leur vie sur les chantiers européens.

CN | Oui, et ce jardin annonce aussi celui de *Cavalo Dinheiro*, cet espace censé être à Lisbonne mais qui, avec son relief et sa végétation touffue, son aspect exotique, presque fantastique, paraît un lieu fantasmé, une scène où se rejouent des choses passées.

JR | Le jardin tend à se métamorphoser dans plusieurs films de Pedro Costa. Et effectivement ce passage fait penser à un épisode de *Cavalo Dinheiro*, où on croit d'abord être dans un jardin urbain au centre de Lisbonne et où tout d'un coup on a l'impression d'une poursuite dans des montagnes sauvages. Est-ce un rapport entre le Portugal et le pays natal, est-ce le rapport entre le prosaïsme d'un jardin urbain et les grands espaces à la John Ford, je ne sais pas, mais il y a toujours un aspect mémoriel du jardin. Le jardin rappelle le pays, il rappelle les jardins bibliques, il rappelle la dilatation de l'espace qui est propre au cinéma hollywoodien et particulièrement à John Ford.

3. Un moment d'hospitalité
Ventura et Alfredo sont accueillis dans la cuisine d'une école.

CN | Dans cette séquence qui se passe dans les cuisines d'une cantine, on retrouve un personnage qu'on connaît, qu'on peut reconnaître, même s'il n'est pas nommé : Pango, Nhurro, le personnage de *Dans la chambre de Vanda* et d'*En avant, jeunesse !* devenu cuisinier dans une école. On peut voir dans cette séquence comme une manière de donner des nouvelles d'un personnage qui a été important dans les films précédents. C'est ici le son qui me frappe, et sous deux aspects. Vous avez souvent parlé de la manière dont le son hors-champ vient, de l'extérieur, construire l'espace, un espace qui en lui-même est nu et paraît silencieux. Le cas est ici exemplaire. C'est aussi le son précis des couverts en métal. Le son de l'acte de manger est essentiel dans le cinéma de Pedro Costa ; et celui, très particulier, de ces couverts métalliques reviendra dans *Cavalo Dinheiro* et sera très présent dans *Vitalina Varela*.

JR | Deux choses sont marquantes ici : il y a le bruit qui vient de l'extérieur comme dans *Vanda* mais ici il n'est pas envahissant. Il est rassurant. Ce sont des voix d'enfants qui résonnent dans un espace d'hospitalité. Donner à manger est un acte significatif dans les films de Pedro Costa. On peut penser à la manière dont Ventura donne à manger à son rival à la fin de *Cavalo Dinheiro* ou à toutes les séquences culinaires dans *Vitalina Varela*. Ici, il y a quelqu'un qui explique comment il a été mis dehors de partout et qui se trouve accueilli. Et cet accueil doit être scandé par un bruit, qui en fait une sorte de transgression du mode de vie auquel les visiteurs appartiennent. Le bruit de l'accueil est fait de trois éléments : les voix des enfants à l'extérieur, le silence à l'intérieur, et cette sorte de scansion métallique très forte.

CN | C'est aussi le bruit précis de la vaisselle des pauvres. Cette vaisselle légère, dont la légèreté s'entend. C'est une cantine, mais c'est exactement le même bruit de couverts que dans la maison de *Vitalina Varela*. Or, celui à qui on donne l'hospitalité, que l'on nourrit, c'est un mort. On a ici, réunis dans cet espace d'hospitalité, trois personnages : un mort, un homme bien vivant, qui nourrit les enfants, et Ventura, qui a un statut singulier.

JR | Ventura a ici un rôle de second plan. Il n'est plus l'errant sublime d'*En avant, jeunesse!* Il accompagne l'histoire. Il joue le rôle du témoin, de celui qui renseigne, qui aide.

CN | C'est un passeur. Il fait le passage entre les éléments de l'histoire.

JR | Oui, une généalogie est reconstituée à la fin du film, mais avant cela il faut faire circuler les personnages, assurer leur passage entre les épisodes avant que la généalogie soit établie : la mère, le père mort, le fils en voie d'expulsion.

CN | Cette généalogie est-elle si assurée ? L'opération ne consiste pas à rétablir une généalogie réelle, qui se clarifierait au fur et à mesure du film. Ce n'est pas une opération de clarification. On comprend certes à la fin qu'Alfredo est le père de José Alberto, lui-même en deuil de ce père, mais on a l'impression que cette généalogie n'est vraie qu'au moment où elle est dite.

JR | Il y a toujours dans les films de Pedro Costa ce rapport de parenté biaisé qui parfois prend une allure de pur mensonge, quand Ventura, dans *En avant, jeunesse!*, mis à la porte par sa « femme », rencontre tous ses « fils et filles ». Ça revient à la fin avec l'histoire de la famille morte, brûlée. C'est une reconstruction de la manière dont la vie et l'expérience se transmettent de génération en génération. Dans *Vitalina*, à la fin, ce sont les enfants qui jouent le rôle des parents jeunes. C'est quelque chose à quoi Pedro Costa est sensible : la transmission, le rapport à ceux qui viennent après, dans ce monde d'errants : un monde d'hommes seuls, mais traversé par cette hantise de la transmission. Il y a cette tension entre la vie là d'où l'on vient, la vie là où l'on a migré, et celle qui va prendre la suite. C'est aussi toute la question des pauvres. Est-ce que les pauvres font famille, est-ce qu'ils font une lignée ? C'est la très vieille histoire de la condition prolétarienne. La définition originelle du prolétaire, c'est celui qui fait des enfants mais ne crée pas une lignée.

CN | C'est comme si le cinéaste accordait la filiation, la lignée, à des personnes qui en sont privées. C'est magnifique de rabattre cette question du peuple, de la communauté, non sur la famille, mais sur la parenté. La parenté d'un sort commun. Et il y a des types : l'homme seul, auquel on fait le don de la filiation, et la femme en colère. Ici Suzette, personnage absent, dont l'évocation par le père mort raccorde difficilement avec la mère du premier plan.

JR | Oui, c'est la version prosaïque de la furie mythologique qui ouvre *En avant, jeunesse !* et qui reviendra avec Vitalina. Toutes ces figures sont comme une réminiscence de Straub, de la mère de *Sicilia !*, la femme seule et fière dans un monde de lâches. Ce qui est intéressant dans ce film, c'est l'extrême condensation. On y voit rassemblés tous les éléments de l'histoire que Pedro Costa raconte à travers ses divers films : l'homme exilé, l'homme qui a perdu son travail, l'homme chassé de chez lui, celui qu'on frappe, celui qu'on tue, et tout cela relié à une dimension mythique qui est ici celle des vampires. Cette extrême condensation ramasse la dispersion qu'on trouve dans des films plus étendus, plus narratifs. C'est comme un moyen terme entre deux extrêmes : une poétique où il n'y aurait pas de raison de s'arrêter, et au contraire une poétique du moment qui doit tout dire et tout contenir, y compris ce qui n'est pas là : le rapport au pays, à la famille ou non-famille, à la mort, à l'expulsion. Tout cela doit être ressenti dans chaque plan. Devant cette condensation on pourrait se dire « mais là, tout y est, pourquoi alors faire des films de trois heures ? » Mais en même temps on voit bien que dans les films de trois heures, le temps sans limite, sans avenir autre que la mort, doit être ponctué à chaque moment. Tout est dans ce rapport entre ces deux temps : un temps sans bornes, où en un sens rien ne se passe, et un temps qui doit être ponctué pour que ces gens aient quand même une vie qui soit autre chose qu'un songe.

CN | Qu'ils aient une vie, là, par la performance. Me frappe aussi la tendresse de *Notre homme*. Entre la mère et le fils, entre tous les personnages. Ce film est très compact, comme un précipité de l'œuvre, mais il est traversé par une tendresse très singulière.

JR | La mère se présente comme le personnage qui a pardonné, dans cet univers où on ne pardonne jamais. Elle est comme une Vitalina Varela trahie mais qui aurait pardonné. Mais c'est déjà cette figure de la mère qui va construire la bonne maison, que l'homme est incapable de construire.

Cavalo Dinheiro

1. La Descente aux Enfers

JR | Cette fois, on part d'images étrangères : celles de Jacob Riis, des images du passé qui sont clairement celles des conditions de la vie pauvre, des immigrants, des images qui appartiennent à une certaine tradition réaliste. Mais soudain, on saute dans un espace clairement construit – mais aussi bizarrement construit. Nous voyons un tableau de Géricault. Il y avait dans *En avant, jeunesse !* la visite au musée, mais ici c'est un déplacement radical : au lieu d'être l'intrus entre deux tableaux, le Noir se trouve sur le tableau, représenté, dignifié. Dans *En avant, jeunesse !*, on passait de la nature morte dans le baraquement à *La Fuite en Égypte* de Rubens. Ici, on passe des images de la vie pauvre de Jacob Riis, à cette image de la dignité du Noir, de l'étranger. Et en même temps cet espace se donne comme complètement impossible, par un décadrage latéral, procédé qui était devenu rare chez Costa après *Ossos* et son travelling spectaculaire. Il s'était installé dans des espaces étroits qui n'autorisaient pas ces mouvements et ce type de rapport à l'espace. Et tout d'un coup, on a ce mouvement latéral qui lie deux lieux absolument incompatibles : on devrait être dans un musée, mais on descend dans un souterrain, qui initie comme un voyage au pays des morts. On n'est plus dans les bas-fonds de la société, mais dans un monde souterrain, où ceux qu'on rencontre pourraient aussi bien être des morts. Il y a tout un côté Divine Comédie, et aussi tout un côté christique (la descente aux enfers) qui s'offre à nous directement. C'est un ensemble de références qui n'était pas visible, qui restait non-dit. Je n'ai pas connaissance que Pedro Costa ait eu une forte éducation religieuse ou un fort rapport à la religion. Or tout d'un coup, cela s'impose comme la bonne manière pour parler de la vie de ces gens-là, en rompant très brutalement avec le décor des baraquements des pauvres ou de leurs nouveaux logements. Il y aura certes, plus tard dans le film, le moment de la chanson, où on retrouvera des intérieurs de maisons, mais il a auparavant installé ses personnages dans cet espace métaphorique, où tout ce qui fait leur condition sera donné en condensation. Ventura descend dans les profondeurs de de ce monde souterrain. Et puis un renversement d'axe brutal transforme ce souterrain en couloir d'un hôpital moderne, même si ça ne ressemble guère aux lieux où on va ordinairement se faire soigner. C'est maintenant leur lieu. Ils ne vivent plus dans leurs baraquements ni dans des immeubles sociaux bon marché, mais dans un hôpital. On pense à Baudelaire : notre vie est un hôpital.

CN | Mais est-ce qu'ils vivent dans cet hôpital ?

JR | Pedro Costa n'est pas un cinéaste qui fait des symboles, mais en même temps il y a la simultanéité de deux modes de présence : ils sont toujours dans une vie bien physique mais déjà transformée en destin, et dans laquelle ils se mettent à la hauteur de ce destin par le simple fait de le dire. C'est la force de l'épisode de la chambre d'hôpital, où les compagnons de Ventura forment un chœur. Ils disent tous les malheurs qui les attendent encore – mais ils en prennent possession par la parole.

CN | Il y a ce personnage très mystérieux, l'homme à la chemise rouge. Son mystère vient de ce que le même corps, le même acteur performe un personnage multiple, mutant. Il est une figure possible du mari mort de Vitalina, mais aussi du rival du jeune Ventura. Dans la chambre de Ventura, il tient entre les bras une plante curieuse, comme une espèce de palme de martyre et il dit cette phrase : « Souviens-toi de nos compagnons. »

JR | « Souviens-toi... » On peut penser d'abord que ce sont les copains qui viennent voir le malade. Mais non, « souviens-toi » dit autre chose : ceux qui sont là sont déjà morts, ils sont devenus le destin qu'ils incarnent. Mais ce qui est très fort, c'est la manière dont tout cela est dit. J'entends ici une référence à Straub, à ces phrases de *Fortini Cani* qui disent : il vous a seulement été donné un semblant de vie, etc. Ici c'est eux-mêmes qui le disent : « il nous a été donné un semblant de vie... et on va la continuer. » On va la continuer, mais selon une double modalité : « on va aller jusqu'au bout de ce voyage sans issue », mais aussi : « c'est notre vie et on l'assume ». Cette série de portraits est comme une transposition du portrait de Géricault sur des figures de maintenant, des gens qui sont dans le monde de Ventura, mais qui sont là comme étant déjà ailleurs, passés de l'autre côté. Ils sont des ombres et ils ne sont pas des ombres.

CN | Un rapport singulier entre présence et absence s'invente ici. Le portrait leur accorde une présence vibrante, mais la parole les renvoie à une absence. On retrouve ce que vous disiez à propos de *Casa de Lava*, cette manière d'appeler, de nommer les personnages avant de les faire apparaître. Ainsi, cette scène dans la chambre d'hôpital me fait soudain penser à la magnifique scène de la vocation des apôtres dans l'*Évangile selon Saint Matthieu* de Pasolini. Ici, comme chez Pasolini, les personnages sont appelés, invoqués, convoqués, et c'est le même type de montage : une série de plans juxtaposés, qui fait apparaître les visages, les portraits, l'un après l'autre, comme appelés par la voix qui nomme, qui dit le prénom. La vocation. Comme si, là aussi, un peuple d'apôtres se rassemblait. « Pierre, Jacques... », « Benvindo, Lento... » Enfin, la présence ici de Lento, son retour, sont bouleversants. On le voit comme on ne l'avait encore jamais vu. C'est comme si on avait enfin son portrait.

JR | Oui, il était devenu personnage de théâtre à la fin d'*En avant, jeunesse !*, et maintenant il est effectivement portraituré, mais comme quelqu'un qui n'est plus là.

2. Chuchotements dans la nuit
Vitalina et Ventura discutent dehors dans la nuit.

CN | C'est l'apparition de ce qui donnera le titre de votre texte sur le film suivant : les yeux de Vitalina. C'est-à-dire que commence ici une accentuation du noir dans le plan, une manière de porter à l'extrême la réduction du champ, du visible, sur quelque chose qui est assez centré, et qui est le regard de Vitalina, ses yeux. On a là comme l'origine du film suivant, de son travail plastique. Me frappe aussi le murmure, ce qui renvoie à la variété des textures de voix chez Pedro Costa. Pourquoi le murmure à ce moment-là ?

JR | Oui, Pedro Costa choisit de faire un plan qu'on peut dire « noir sur noir », un rapport qui va être au centre de *Vitalina Varela*. « Noir sur noir », mais d'un noir éclatant, comme si c'était lui qui illuminait le plan, malgré les lumières latérales. Un visage apparaît dans la nuit comme pour dire la nuit et va raconter son histoire plaintive, ce qui sera précisément éludé dans le film suivant. Ici, ce récit prosaïque n'est là que comme le résumé d'une souffrance qui va devenir une souffrance commune. Et ce qui est remarquable, c'est effectivement cet usage de la voix qui chuchote. C'était là déjà tout à l'heure avec le chœur des compagnons dans la chambre de Ventura. Pour dire le destin, on va le chuchoter, car on est dans un monde des ombres, et ça se dit comme un secret qui ne peut se dire sur un autre mode. Il y a ce plan des mains qui se touchent, qui rappelle les infirmières de *Casa de Lava* et d'*Osso*s. Vitalina va d'ailleurs reprendre plus loin elle-même ce rôle de l'infirmière. Sa manière de prendre la main de l'autre héroïse Ventura en faisant l'éloge de la beauté de ses mains. C'est la seule beauté qu'aura Ventura dans tout ce film, qui le montre dans un état de déchéance, en insistant sur ce tremblement nerveux qui ne le quittera pas. Mais cette séquence-ci nie toute cette déchéance.

CN | La main de Ventura – dans *En avant, jeunesse!*, il n'y a pas de plan serré sur les mains – apparaît là. Elle reviendra dans *Vitalina Varela*, avec ces plans magnifiques de la main qui caresse les poteaux. La main de Ventura est double : elle est très belle mais c'est une main qui tremble. Il me semble qu'on peut associer ce plan, dans *Cavalo Dinheiro*, à la question centrale de la « retraite » de Ventura, c'est-à-dire de son âge. Quel âge a Ventura, à quel âge a-t-il arrêté de travailler ? Dans son mensonge il dit : « j'ai passé ma vie à construire ». Or c'est faux, il a arrêté à 19 ans, à cause de son accident. Les belles mains, les mains intactes, sont celles d'un homme qui n'a pas travaillé. Ces mains soignées désignent aussi quelque chose de la tragédie de sa vie : celle d'un homme qui a été privé de travail, empêché de travailler, de bâtir. « Qu'est-ce que tu fais ici ? », lui demande Vitalina. « Je parle aux murs ».

Dans cette séquence surprend aussi la présence de Joaquim, du mari, entre les deux longs blocs de conversation entre Ventura et Vitalina. Elle donne raison à Ventura, qui avait dit à Vitalina, dans la séquence précédente : « Ton mari est ici, avec moi ». « Ventura, tu es sur la route de la perdition », avait rétorqué Vitalina. Autrement dit : « Tu dis n'importe quoi, mon mari est mort, c'est pour ça que je suis venue ». Or oui, il est bien là. C'est-à-dire qu'ils ont tous les deux raisons. Il est mort, et il est là. Ce plan de l'homme à la chemise rouge dans le couloir s'inscrit dans la série des hommes aux béquilles. C'est un autre son très caractéristique de ce cinéma : le bruit métallique de la béquille sur le sol, qui va ouvrir *Vitalina Varela* mais qui a commencé avec Paulo dans *Dans la chambre de Vanda*.

3. Radiographie d'un destin
Vitalina assise au bureau du médecin interroge Ventura.

JR | C'est le règne du blanc. Pour moi cela fait inévitablement penser à un laboratoire radiologique. Ce pourrait être aussi le fond blanc sur lequel on fait des photos d'identité, où on photographie les gens qui entrent en prison. Nous voyons revenir à différents moments ces surfaces blanches – souvent des fenêtres opaques – devant lesquelles les personnages deviennent des silhouettes dépouillées. Ce mode de visualisation « radiographique » a un rapport immédiat avec la récitation des documents administratifs. Il s'agit de gens dont la vie peut être résumée dans trois certificats : de naissance, de mariage, de décès. Ces documents condensent une vie qui pourrait être celle de n'importe qui et cet interrogatoire peut être celui du médecin comme celui du policier. Les objets posés sur la table font aussi penser à la fouille de ceux qui entrent en prison. Il y a cette lumière blanche, sous laquelle on va tout montrer de leur existence, y compris la montrer dans ce rien qu'elle est, à travers des situations type : la mort, la maladie, l'interrogatoire. Ventura joue d'abord le mort, allongé comme sur une table d'autopsie. Après il est le malade qui attend d'être radiographié. Mais cette situation de dépendance s'inverse avec la possibilité pour chacun de jouer la vie d'un autre, qui devient la vie de tous. Ventura est là au départ comme le mari mort de Vitalina, dont celle-ci va résumer la vie à travers les certificats administratifs, avec des intonations différentes : murmure, indifférence administrative, voix du secret partagé ou voix qui vient du pays des morts Plus tard elle parlera pour Ventura. Et lorsque Ventura s'habille, c'est avec les habits d'autrefois, ceux du jeune coq dragueur qui s'amusait dans les rues de la ville – les insignes de sa jeunesse. L'épisode opère une extrême condensation en même temps qu'un jeu d'échanges des identités, entre le mort, le malade qui attend un examen et l'homme arrêté, ou entre la veuve, l'infirmière ou la fonctionnaire. Tous les personnages rejouent leur vie et leur mort.

CN | Oui, on peut clairement voir ici un acteur qui s'habille, endosse les habits d'un rôle, et une actrice qui change de costume, qui d'abord joue une infirmière ou un médecin, puis redevient la veuve qu'elle est. On est donc aussi dans un espace théâtral, entre loges et scène, où des acteurs passent d'un rôle à l'autre.

JR | C'est quelque chose qui était esquissé dans *En avant, jeunesse!*, mais encore peu visible, et qui devient évident dans ce film : ces gens qui en même temps étaient et jouaient leur propre personnage peuvent désormais jouer n'importe quelle figure de la condition qu'ils partagent.

CN | Comment qualifier cette manière de cadrer Vitalina ? Ce n'est plus noir sur noir, c'est noir sur blanc, mais avec une violence, un tranchant qui donne au personnage, avec cette chevelure détachée sur le blanc, quelque chose de méduséen.

JR | Quelque chose comme la photo d'identité qui se met en mouvement : c'est en même temps le personnage fiché et le personnage qui vient d'ailleurs.

CN | Le blanc, dans *En avant, jeunesse!*, c'était le logement social. Il était associé à l'effacement, à l'oubli, à l'impossibilité d'inscrire. Or ici il y a une tension très forte entre les documents, l'inscription des vies, et ces surfaces complètement blanches.

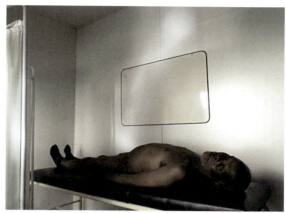

4. Un duo d'opéra
Benvindo et Ventura se querellent à propos des paroles d'une chanson.

CN | Encore un espace remarquable : la manière dont la lumière découpe, isole des zones de visibilité dans l'obscurité. Frappe aussi, ici, la performance. Dans le cas de Benvindo, c'est émouvant car c'est un homme malade, épileptique. Faire l'acteur, jouer, comme une lutte contre la maladie. On le voit se débattre avec l'ombre, avec ses gestes qui lui échappent un peu. Et le chant est comme une trace de l'origine du film, de ce qu'il aurait pu être, selon Pedro Costa : un oratorio. Il en reste notamment cette séquence de chant.

JR | Oui, ce qui frappe ici, c'est d'abord ce lieu qui est un espace de transition. Ventura était dans une usine abandonnée, on va passer dans un bureau, et là on est dans un espace qui semble être un studio de cinéma, avec ce découpage de l'espace par la lumière, qui délimite nettement les zones où jouent les acteurs. C'est donc un espace de performance, mais d'une performance qui se transforme. Cela commence par un interrogatoire, une enquête, où à nouveau se dit le destin de chacun ; puis, lorsque Ventura vient s'asseoir à côté de Benvindo, il ne s'agit plus de dire ce qui arrive à chacun, mais ce qui arrive à tous. Et de le dire sur le mode d'une sorte de duo d'opéra. C'est quelque chose qui commence ici et qui va devenir très important dans *Vitalina Varela*, un film qui va ressembler à une Passion, avec des scènes qui deviennent comme des numéros musicaux – chœurs, solos ou duos. La bagarre entre le neveu imaginaire et l'oncle imaginaire à propos des paroles exactes d'une chanson est un peu la version fictionnalisée de ce travail de l'acteur qu'on voit dans le documentaire sur le tournage d'*En avant, jeunesse!* où Ventura reprend et reprend sans cesse son texte. C'est ce qui est fascinant dans tous les films après *Vanda* : ces personnages qui semblent toujours faire attention aux paroles qu'ils vont dire. Il y a une profondeur de transformation d'un destin singulier en un destin universel, à travers l'attitude de personnages qui ont l'air d'être constamment en train de penser à ce qu'ils vont dire, de penser à ne pas oublier leur texte, précisément parce que leur texte est quelque chose de fondamental, et que c'est en le disant qu'ils se rachètent de la médiocrité de leur vie, qu'ils se mettent à la hauteur de leur destin.

CN | De même que l'image se concentre, que le visible se concentre dans l'image, eux-mêmes se concentrent pour dire leur destin. Ce neveu épileptique qui corrige son oncle, c'est très beau. Dans un entretien à propos de ce film, Pedro Costa parle de cette classe ouvrière à qui on est en train de voler les mots, de ces gens perdus. À propos de Benvindo, il dit : il n'est pas seulement épileptique, c'est un homme perdu. Et là, dans cette séquence, il n'est pas perdu.

5. Derrière la vitre
Ventura sort d'un bureau avec sa paie.
Un autre Ventura le croise dans le couloir.

JR | La première image est celle d'une ombre noire derrière la vitre. Là encore, on dirait vraiment une radio. À la fois la radiographie et l'ombre à la Murnau.

CN | Oui, Murnau, mais aussi le film noir, ou ce cinéma hollywoodien de bureaux, des années trente-quarante, que Pedro Costa admire tant. La silhouette derrière la vitre de bureau, l'enquêteur, la police…

JR | … le policier ou le journaliste…

CN | Cette séquence est remarquable de ce que vous avez écrit au sujet de ce film : le montage des temps dans le plan.

JR | C'est comme si Ventura apparaissait deux fois : il y a celui qui sort du bureau, avec sa paie, et il y a comme son double qui sort du fond et qui passe devant lui dans une salopette qui ressemble à la tenue de l'hôpital. C'est comme un fondu enchaîné, comme ce procédé hollywoodien qui fait passer d'un temps à un autre, sauf qu'il n'y en a pas, car tout se joue dans le même plan : le Ventura, silhouette noire, qui vient de recevoir sa paie voit passer son double avant de se retourner pour s'asseoir auprès de Vitalina. Après quoi un plan rapproché met en lumière sa chemise brodée de jeune homme alors même que c'est le vieux Ventura de l'hôpital qui va donner à la veuve Vitalina la prétendue lettre de son mari, lequel nous apparaîtra ensuite furtivement avec sa béquille dans le couloir. Et dans cette séquence Vitalina porte aussi l'alliance qu'elle nous disait brisée.

CN | La lumière module des écarts de texture entre les corps : l'ombre derrière la porte, Ventura en ombre chinoise, et la présence sculpturale de Vitalina. Ce qui se joue ici entre Ventura et Vitalina est d'une grande beauté : cette lettre de Joaquim, écrite par Ventura, qu'il donne à Vitalina comme une lettre de son mari. Ventura ment beaucoup, on le sait, et ici c'est un mensonge particulièrement généreux. C'est remarquable quand on pense à l'importance des lettres entre le mari et la femme dans le film suivant, lettres écrites ou non écrites, gardées ou perdues. Quand on sait que Pedro demandera à Vitalina de réinventer, réécrire des lettres perdues – non seulement des lettres qu'elle avait écrites à son mari, mais aussi des lettres de son mari, à sa place. C'est encore cette idée : on peut parler pour l'autre, personne n'est propriétaire de son histoire. La lettre de Desnos, de Ventura, continue de s'écrire, de circuler.

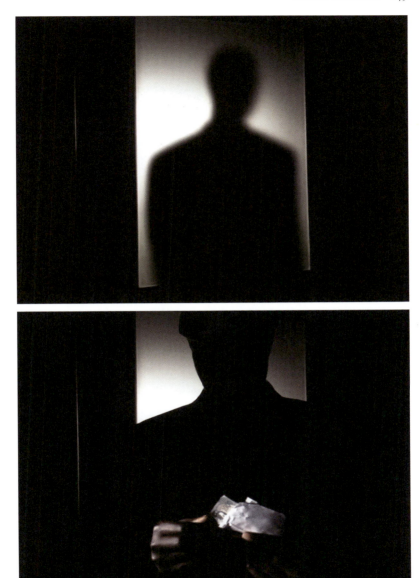

6. Dialogue des ombres
Ventura dans l'ascenseur avec le soldat statufié.

CN | La vérité de ce stupéfiant morceau de cinéma est énoncée dès les premières secondes : Ventura et le soldat sont enfermés ensemble depuis trente-huit ans. Et par cette requête énigmatique du soldat, sa première phrase, qui ouvre la séquence : « Mets-moi à l'ombre ». Requête, supplique : quelque chose d'une solidarité de frères trahis. Ils partagent une condition, une histoire. Cette séquence conflictuelle est exemplaire de ce sur quoi vous revenez souvent à propos des films de Pedro Costa : l'irréconciliation. Mais en même temps il y a une solidarité entre les irréconciliables.

JR | C'est le film dans lequel la révolution d'avril est le plus présente. Dans *En avant, jeunesse !*, c'était peu explicite ; il fallait savoir que la séquence où Lento et Ventura étaient barricadés traitait de ce moment historique, de la peur de l'armée chez les jeunes migrants. Ici, c'est évident avec la séquence du jardin où les militaires les pourchassent, et ce dialogue qui est comme un dialogue des morts, avec l'invention étonnante de ce soldat qui est une statue, comme celle que des artistes de rue imitent pour attirer les touristes. On se demande s'il y a vraiment un acteur derrière cette carapace. Et il y a le rôle de la durée, plus de quinze minutes, alors que l'ascenseur est censé faire simplement le trajet entre deux étages. On entre sans préparation dans un espace où vont se comparer deux destins qui sont noués : celui des immigrés, pour lesquels le 25 avril a signifié la perte du travail et des repères, et celui de l'homme de la révolution. Mais on voit aussi s'amorcer ce retournement qui sera au cœur de *Vitalina Varela* : le migrant n'est plus seulement la victime qu'on nous montre souffrante, battue, expulsée, morte comme elle l'était avec le chœur de la chambre d'hôpital. Ici c'est une autre chambre où on accuse au lieu de plaindre. D'un côté Ventura incarne les migrants victimes de ce qui voulait être la révolution populaire. Mais le soldat à son tour devient une figure d'accusateur de Ventura. Il joue le rôle que Vitalina jouera dans le film suivant, qui est de dire à celui qui est au terme d'une longue vie de travail, de souffrance, celui qui a construit pour les autres, sans avoir lui-même de maison : « tu as menti », toute cette vie que tu nous racontes est fausse, tu n'as pas de femme, tu n'as pas d'enfants, tu n'as rien bâti, aucun monde, ni pour toi ni pour ceux qui viendront après toi.

La tension est accentuée par le jeu sur le rapport du métallique et de l'automate au vivant, ce vivant en pyjama de malade ou de bagnard. On voit Ventura parler, mais pour le soldat on entend sa parole mais on ne le voit pas parler. Il est une statue, un automate et une voix qui vient d'ailleurs.

CN | Plusieurs voix. Celle du soldat d'avril, mais aussi des voix d'enfants, celle de Zulmira, la femme de Ventura.

JR | Zulmira qui n'aura eu absolument aucune existence... Elle aura été évoquée entre Vitalina et lui, mais elle est restée une place vide dans la vie de Ventura, qui est un menteur, et à aucun moment on ne croit que Ventura a eu cette femme restée au pays. Toutes les voix viennent désigner la vie de Ventura non plus seulement comme un songe, mais comme un mensonge. C'est un déplacement de la part de Pedro Costa. Il n'est plus seulement le cinéaste qui dit : on s'est trompé, cette Révolution qu'on pensait joyeuse, démocratique, en réalité c'était l'entrée de tous ces gens dans la mort. Ce n'est plus seulement la culpabilité des joyeux révolutionnaires d'avril vis-à-vis de ces gens-là, c'est aussi, peut-être pas la culpabilité, mais en tout cas le mensonge de Ventura et des autres. Ici on commence à ôter à ces gens leur justification. Et c'est ce qui va exploser dans le film suivant : assez de les plaindre, de dire que ce sont des victimes du capitalisme, du colonialisme, etc. Ce sont aussi des gens qui ont choisi de participer à ce mode de vie, d'être eux-mêmes entre la vie et la mort.

CN | C'est ce que disait déjà Vanda à Pango à la fin de son film : « C'est la vie qu'on a choisie, Pango, ce n'est pas la vie qu'on nous a faite, c'est la vie qu'on a voulue. »

JR | Absolument. Et c'est le mouvement de l'œuvre de Pedro Costa. Il y a souvent, à la fin d'un film, quelque chose qui annonce ce qui va suivre, qui n'était pas au cœur du film, mais qui va produire un écart, même sans rien annoncer de ce que sera le prochain film. Soudain le dialogue passe à un autre niveau : non plus la vie telle qu'elle se vit, mais telle qu'elle se juge.

CN | Non plus le songe mais le mensonge, dites-vous. Mais le mensonge de Ventura est aussi celui de Pedro Costa : la fabulation du cinéaste, qui coécrit avec lui, avec eux, la légende d'un peuple. Ce qu'il fait avec cet homme, avec sa vie, ce mensonge est mis en jugement, en accusation. Mais demeure que ce mensonge, cette fabulation, est aussi ce qui permet à Ventura de prendre en charge d'autres vies que la sienne.

JR | Oui, et c'est pourquoi il y a ce double tour. Premier tour : voir la révolution d'Avril du point de vue des migrants. Deuxième tour : voir cette vie des migrants comme vie de mensonge, complice du système qui en a fait une vie de morts-vivants.

CN | Oui, et la non-réconciliation consiste à rediviser à cet endroit-là, à ne jamais être dans l'adhésion d'un discours, à un discours. On divise, on redivise.

Vitalina Varela

1. Cortège funèbre
Des hommes défilent lentement dans la nuit au pied d'une haute muraille surmontée de croix.

CN | On ne peut pas imaginer plus sinistre, terminal, que ce début de film. On retrouve un plan-couloir, mais les proportions ont changé : entre ces murs, c'est un vrai défilé.

JR | On retrouve l'effet de muraille qu'on trouvait au début d'*En avant, jeunesse!* Et les croix qui s'élèvent par-dessus donnent le ton du film. C'est comme l'équivalent visuel de la chanson style fado qui ouvrait *Dans la chambre de Vanda*, une certaine symbolisation du Portugal. On est installés dans la nuit, des ombres défilent dans la rue, avec une lenteur étonnante, alors que, quand on rentre d'un enterrement, il me semble plutôt qu'en général on accélère le pas. Là ils marchent au ralenti comme s'ils continuaient à suivre le cercueil. Soudain on voit Ventura par terre et les autres qui attendent. Le premier effet de lumière fait briller une béquille et le premier son est aussi un bruit de béquille sur le pavé.

CN | Au tout début de *Dans la chambre de Vanda*, dans la première séquence avec les garçons, le même rayon de lumière tombait sur les béquilles métalliques de Paulo, appuyées contre le mur.

JR | Puis les ombres traversent une cour et sont comme projetées sur le mur avant de s'enfoncer dans les ténèbres de leurs habitations. Nous verrons cela en permanence dans le film :

d'abord des ombres qui parfois s'individualisent, d'autres fois non. Nous sommes dès le début en présence de personnages qui sont comme passés de l'autre côté. Ça commence avec la mort, avec des personnages qui sortent du cimetière mais qui restent dans le royaume des ombres. Parfois certains vont se détacher, dire leur couplet, faire leur performance, mais collectivement ils vont rester jusqu'à la fin un vaste défilé d'ombres. Je ne sais pas si c'est le film le plus sombre de Pedro Costa mais il nous montre des gens résignés à vivre entre un cimetière et cette sorte de forteresse labyrinthique qui est un autre séjour des ombres. Ce qui est très frappant dans cette séquence, c'est l'absence de distinction entre les hommes qui marchent, qui font quelque chose, et ces personnages qu'on voit immobiles, celui qui fume contre un poteau, celle qui dort dans son fauteuil... C'est d'emblée un espace où vie et mort, mouvement et inactivité sont équivalents.

CN | Ces personnages qu'on voit toujours arrêtés, posés dans l'espace, d'une manière à nouveau très picturale, semblent ne pas s'être arrêtés, mais être là de toute éternité.

JR | Absolument. Ventura, on ne le voit pas tomber, on le voit par terre, comme si c'était une chose tout à fait naturelle. Et les autres attendent sans explication.

CN | Dans le film précédent c'était le monde comme hôpital, là c'est le monde comme cimetière, nécropole. C'est le stade ultime de la déchéance, du déclin. Ils ne sortent pas du cimetière.

JR | Ils passent sous les croix, au pied du mur. Les croix vont jouer un rôle obsédant dans ce film, les signifiants religieux y sont écrasants, pour la première fois chez Pedro Costa. Et quand la lumière et la couleur apparaissent, c'est d'abord pour mettre en relief les croix jaunes qui servent en général à marquer les bâtiments à démolir. Et ces poteaux énigmatiques vont jouer aussi un rôle important, Ventura vient s'y appuyer, ils sont un peu l'élément sculptural dans le film. On ne sait pas très bien à quoi ils servent, ils font plutôt penser à des statues africaines.

CN | Comme des stèles funéraires. Ça peut rappeler le dernier plan de *Dans la chambre de Vanda*, avec l'espèce de moignon qui reste de la maison détruite. J'ai vraiment le sentiment, avec cette démarche, ce rythme identique, très lent, de plan en plan, que chacun rentre chez lui comme dans un caveau. C'est vraiment le stade terminal. On se demande bien ce qui va pouvoir se passer à partir de ce début qui est comme une fin. Qu'est-ce qui va bien pouvoir redémarrer ?

2. Architectures improbables
Plan large du décor du bidonville, avec le pan de mur isolé et le café.

CN | Cet espace est très intriguant. C'est bien un espace réel, et non recréé en studio.

JR | C'est très étonnant à quel point dans ce film même les espaces réels font studio, ressemblent à un décor. Ces bouts de mur ébréchés, on croirait du carton-pâte. On a souvent l'impression qu'il n'y a rien derrière ces pans de mur, comme si c'était une sorte de bidonville Potemkine. Pourtant, ici, il se passe quelque chose, c'est une sorte de café, apparemment. Mais la scène a un côté délibérément artificiel, un peu comme un bidonville reconstitué en studio avec les accessoires et les figurants.

CN | On sait qu'une partie du film a été tournée comme ça, avec des décors construits dans un cinéma désaffecté transformé en studio par le cinéaste et son équipe. Mais là ce n'est pas le cas. C'est un espace réel, mais on dirait un décor provisoire, de théâtre ou d'opéra. Le quartier est saisi dans un état de destruction comme suspendue. C'est très différent de *Dans la chambre de Vanda*, où la destruction était un processus, le quartier en cours de destruction. Ici on a l'impression d'une sorte d'arrêt sur destruction.

JR | Ou bien quelque chose qui a commencé d'être construit et qui n'a jamais été fini, car ces gens n'ont jamais vraiment fini leur maison.

CN | L'image très dense accentue ce côté artificiel. Jusqu'à cet élément architectural absurde : ça devait être une porte, une entrée, mais ça ne sépare plus aucun intérieur d'aucun extérieur – c'est encore un autre mode, un autre stade de l'indistinction ou de la confusion entre intérieur et extérieur.

JR | Ou cet escalier qui semble ne mener nulle part. C'est comme des praticables, posés pour cette scène, et qu'on va changer pour la suivante. On a affaire au même type d'espace que dans *Vanda*, mais ici plus rien ne se raccorde. On passe d'un non-lieu à un autre non-lieu.

CN | Ces éléments de décor isolés, posés là, acquièrent presque une fonction symbolique, ou métaphorique. C'est vraiment le chemin vers l'oratorio, dont parlait Pedro Costa à propos de *Cavalo Dinheiro*. Et ce type de décor rappelle fortement la conception de l'espace de la peinture de transition entre fin du Moyen Âge et tout début de la Renaissance, Giotto et ses disciples.

JR | Oui ce sont les édicules des peintures qui illustrent les récits de l'Histoire sainte.

CN | Ce qui convient tout à fait au saut effectué dans ce film vers le religieux, à sa manière d'assumer pleinement une dimension picturale religieuse, avec une narration qui retrouve les schèmes du grand récit néo-testamentaire.

3. Celle qu'on n'attendait plus
L'arrivée de Vitalina à l'aéroport.

CN | Cette séquence d'arrivée s'inscrit pleinement dans l'iconographie religieuse retravaillée par le cinéaste.

JR | Cette descente est étrange, avec ces pieds humides qu'on peut s'imaginer ensanglantés. D'emblée il y a ce corps, pas crucifié mais en tout cas porteur des stigmates. Pourquoi ce plan sur les pieds nus et ces gouttes qui ruissellent ? Ce n'est pourtant pas une paysanne qui arrive de sa campagne, pieds nus. Il y a d'emblée une dimension symbolique, christique, avec ce corps qui porte les stigmates de ses souffrances. Et cette équipe de nettoyage apparaît vraiment comme le chœur d'un oratorio, ou d'une tragédie antique, qui lui dit qu'elle n'a rien à faire ici. Mais pourquoi le disent-elles en murmurant, après le bruit spectaculaire de l'arrivée ? Pourquoi ce chœur quasiment silencieux, cette lenteur, cette solennité ? C'est encore une manière de figurer le royaume des ombres, avec des figures du destin, qui savent. C'est accentué par le choix de placer la lumière non sur Vitalina mais sur la fille au seau et au bonnet rouges, qui prend du coup un côté un peu sorcière de *Macbeth*. C'est très composé : filmiquement, picturalement, musicalement. C'est aussi comme l'accueil d'un grand personnage. Elle apparaît comme l'actrice qu'on est venue attendre. Et il est étonnant que, dès le plan suivant, on soit dedans, dans sa maison. On devrait suivre Vitalina, la voir ouvrir la porte, mais non, on est déjà dedans et elle arrive. Ce n'est pas nous qui sommes des voyeurs suivant la femme du peuple. C'est elle qui est comme une souveraine en visite chez nous. Ce n'est pas nous qui, sur le mode documentaire, allons visiter les pauvres, non, on est dedans, on l'attend, on entend le bruit de la serrure. Nous sommes constitués d'emblée non comme des voyeurs suivant le personnage mais comme des spectateurs attendant. On est là, elle va arriver et s'imposer à nous. Ce rapport entre l'arrivée théâtrale à l'aéroport et l'entrée dans la maison est quelque chose de très fort. Plus tard encore son apparition derrière des rideaux sera très théâtrale. On est en face, c'est elle qui écarte les rideaux pour nous apparaître. Ce n'est plus le monde de la chambre, avec Zita et Vanda déjà là, et nous en visite. Nous sommes dans un lieu qui tout d'un coup accueille un personnage qui va jouer un rôle de souveraine tout au long du film.

CN | C'est presque une cérémonie d'accueil. Elle ne monte pas les marches, elle les descend. Quant au fait qu'on soit déjà dedans, cela s'écarte en effet du mode documentaire de l'arrivée chez quelqu'un, mais on peut pousser l'idée : c'est la pleine fiction assumée. Costa est au bout de son chemin : on est à Hollywood. C'est purement et simplement du découpage hollywoodien. Ce n'est plus du tout les plans de *Vanda*, c'est comme le retour à un langage plus classique, mais ralenti, anamorphosé.

JR | Oui, c'est un langage clairement narratif, mais mis en balance avec une structure d'oratorio, pour ce qui concerne la parole. Il y a une espèce de narrativité classique, un peu comme une comédie musicale, sauf qu'on ne s'interrompt plus pour des numéros dansés, mais pour des performances de théâtre tragique.

CN | Cette vieille idée que le mélodrame hollywoodien vient de l'opéra, d'une tradition du mélodrame musical, trouve ici une manifestation tardive. Costa travaille à cet endroit-là : c'est Hollywood et c'est l'opéra, Hollywood sur une scène d'opéra.

JR | Les personnages entrent en scène, il y a un temps d'attente avant que le personnage dise sa tirade, un peu comme les accords de l'orchestre avant l'aria.

CN | Cette scène de l'arrivée est aussi poignante car il y a une vraie tension irréconciliée : on accueille le grand personnage en lui disant de repartir, qu'il n'a rien à faire ici, en le rabaissant. Elle est majestueuse et rabaissée, rabrouée. Ce qui est, en un sens, très christique. On peut voir tout le film comme une sorte de descente aux limbes.

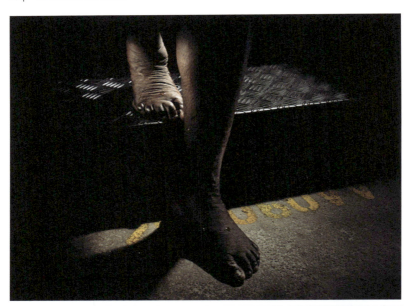

4. Le Récitatif de Ventura
Ventura erre dans les rues en marmonnant des lambeaux de phrases.

CN | C'est la véritable arrivée de Ventura dans le film, si l'on excepte le plan du début où on le voit couché à la sortie du cimetière. Dans le grand récit que serait l'enchaînement des films, on a quitté Ventura sortant de l'hôpital à la fin de *Cavalo Dinheiro*, sur le pas d'une porte qui était comme une bouche des enfers, immobile sur le seuil comme l'est Vitalina dans l'encadrement de la porte de l'avion, avant sa descente. On le retrouve errant, déambulant, ruminant, dans un état de totale perdition. Ne reste de sa parole que des ruines, un bégaiement.

JR | Ce monologue, c'est un mélange, un peu comme la lettre d'*En avant, jeunesse!*, une sorte de patchwork : il y des bouts de phrase qui disent le malheur, la complainte des pauvres gens qui se lèvent le matin l'estomac vide, le boulot à faire, la porte sans serrure ; il y des formules religieuses, comme ce « miroir de patience » qui est une invocation à la Vierge Marie ; et il y a une évocation d'incendie, de matelas en feu qui rappelle *En avant, jeunesse!* Ces fragments de discours ou de prière contribuent à la structure musicale du film : les paroles de Ventura sont comme un récitatif, une manière de dire la vie de ces gens, de ce bidonville, sur un mode à la fois très déconstruit, comme des sortes d'hallucinations verbales, et en même temps traduites dans ce langage religieux qui fait que Ventura apparaît tout au long du film comme une conscience de la situation (mais une conscience violemment récusée par Vitalina).

Cette structure duelle est très forte. Ventura dit la parole de commisération et de consolation ; il donne une formulation religieuse de la situation : la créature qui souffre mais qui sera consolée et sauvée. À cela s'oppose radicalement la violence verbale de Vitalina qui dit en substance : « ça suffit ce discours de justification, ce discours des hommes qui s'apitoient sur leurs souffrances et se consolent sur notre dos ». Il y a un effet refrain de ces phrases dites par Ventura, elles vont revenir, scander le film ; certaines étaient déjà d'ailleurs dans *Cavalo Dinheiro,* comme « J'entends un homme pleurer ». Cette structure duelle rappelle lointainement celle de *Vanda* : les deux côtés séparés – les filles et les garçons – qui vont finir par se réunir. Sauf qu'ici ils se réunissent beaucoup plus tôt, avec ces scènes de jardin qui sont absolument non situées par rapport au quartier et qui sont des scènes de confrontation entre les deux discours possibles sur la vie que ces hommes mènent dans ce quartier.

CN | Ventura continue à être celui qui prend en charge le destin, le malheur d'un peuple, mais sur un mode épuisé, solitaire. Il n'y a plus ses enfants autour. Son récitatif est aussi un résumé condensé, en une forme poétique, du cinéma de Costa jusque-là, depuis *Vanda*. Avec les motifs récurrents : l'incendie, la bougie sur le matelas… Comme si tout ce cinéma se ramassait, se déposait en une forme poétique de l'épuisement. Ne restent que des ruines, des bribes. Et Vitalina est celle qui va venir relever tout ça. Interrompre et relever.

5. Histoire d'un couple
Vitalina dans la salle de bains évoque sa vie et celle de Joaquim.

CN | C'est un des plans les plus simples, frontaux du film, dans sa composition, sa lumière.

JR | Oui, mais il est étrange aussi. Vitalina est apparemment assise sur le siège des WC ; il y a un écart entre le lieu, sa position, et le discours assez solennel qu'elle prononce. Il y a aussi un changement brutal dans son regard : dans un premier temps elle avait un regard qui examinait tout à l'entour, qui scrutait les gens qui venaient présenter leurs condoléances, qui passait en revue tous les défauts de la maison ; maintenant ce sont des yeux qui semblent ne plus être là, qui regardent ailleurs, dans le passé, là-bas. C'est un long plan fixe, la récitation est très monocorde, mais pas du tout sur le mode bressonien du modèle dont la vérité profonde va se révéler à travers son ton neutre. Elle est toujours présentée comme quelqu'un qui récite un texte. C'est un trait caractéristique des films de Pedro Costa : ces personnages qui ont l'air de méditer tout haut sans qu'on sache très bien si leur lenteur et le ton du murmure sont l'effet d'une sorte de réflexion qui se construit et se développe peu à peu ou si les personnages sont simplement comme l'enfant qui apprend à lire et qui épelle le texte lentement, mot à mot. D'un côté, il y a une vie qui se dit, de l'autre un enfant, ou quelqu'un d'étranger au monde de la parole, qui répète un texte pour l'apprendre. Il y a toujours ce double aspect de la mémoire : l'intérieur qui arrive à s'exprimer, et la mémoire au travail pour se souvenir d'un texte déjà existant.

CN | On dirait une actrice chez elle, en train d'apprendre, qui ne serait pas en train de jouer un texte mais de le mémoriser. Comme si on avait accès au travail de l'acteur chez lui. Mais c'est aussi Vitalina : c'est donc à la fois le travail de l'actrice et l'inspiration de la personne. Le travail de l'actrice donne accès à quelque chose de très profond en Vitalina. Et la voix même, la manière de vocaliser change au cours du plan, bascule dans un registre inconnu.

JR | Aucun personnage, du début à la fin de ce film, ne parle naturel. Ce n'est jamais le parler supposé populaire et naturel. C'est un texte qui se mémorise et se récite. C'est un traitement de la parole qui est venu progressivement chez Pedro Costa, mais là c'est un aboutissement. On n'est à aucun moment dans une conversation ordinaire. Quand on pense au début de *Vanda*, quel chemin… Ici, même les choses les plus simples, triviales, sont dites sur ce mode-là : un personnage qui apprend à parler sa vie, une vie qui se dit sur le mode du texte que l'on mémorise.

Chapitre III
Rencontres

avec Pedro Costa

« Portes ouvertes, portes fermées »
Musée Reina Sofia | Madrid
18 décembre 2010

Jacques Rancière | Ce qui est politiquement significatif pour moi dans les films de Pedro Costa est la manière dont il produit une visibilité nouvelle des lieux réputés sombres de la société – les lieux de la misère, du désarroi, de la détresse sociale – et aussi une visibilité nouvelle des corps qui habitent en ces lieux et des possibilités portées par ces corps.

C'est le déplacement fondamental opéré par *Dans la chambre de Vanda* et *En avant, jeunesse!*: la manière dont ces espaces de délaissement sont requalifiés par Pedro Costa en fonction d'une sensibilité de cinéphile, une manière de les voir avec un regard formé par le cinéma et d'en extraire toutes les possibilités de splendeur.

C'est ainsi qu'il a complètement changé la visibilité du travailleur immigré. Dans notre imaginaire, tel qu'il est construit par les médias dominants, celui-ci est soit un personnage inquiétant, soit un objet de commisération. Or son Ventura n'est ni l'un ni l'autre. C'est un personnage énigmatique qui a quelque chose de l'errant sublime qui vient de la tradition théâtrale. On peut par exemple penser à Œdipe, ou au Roi Lear. Déjà *Dans la chambre de Vanda* on suivait la manière dont les individus victimes de la drogue et du chômage, essayaient de reprendre possession de leur histoire, d'en recréer le récit.

Il y a cet autre regard qu'il nous fait porter sur ces lieux. Mais en même temps il rend ce regard inconfortable. Il nous fait entrer tout en nous disant qu'il faut garder la porte fermée. Il crée ainsi un certain sentiment de malaise. Il le crée non pas parce qu'il nous montre un monde trop misérable mais parce qu'il nous montre ce monde misérable comme trop beau d'une certaine façon.

Dans *Dans la chambre de Vanda,* chambre où ces malheureux drogués sont en train de consommer l'héroïne, il y a continuellement ces jeux extraordinaires des couleurs, des jaunes, des rouges et des verts. Ce qui nous rend inconfortables, ce n'est pas la laideur, ce n'est pas la misère, c'est que ce monde-là soit si beau, d'une beauté qui est comme refusée à ceux qui vivent là.

C'est cette tension qui m'intéresse. D'un côté le film est ouvert pour que nous percevions esthétiquement tout ce qu'il y a de beauté et de capacité dans cet univers réputé misérable, et en même temps il est fermé dans le sens où il nous dit : « vous ne pouvez pas vous approprier cela ». Il ne dit pas « vous identifier à cela », et, de fait, on n'a pas tellement de raisons de s'identifier à Ventura ou à Vanda mais, en revanche, on a toutes les raisons de s'approprier la richesse sensible de couleurs, d'ombres et de lumières qui nous est offerte.

Il y a ce double mouvement. C'est une forme ouverte, il n'y a pas de synthèse donc on peut recomposer ces moments qui nous sont offerts pour refaire le film selon notre propre sensibilité. C'est particulièrement vrai pour *En avant, jeunesse!* qui est présenté comme une fiction, une fiction sur laquelle nous pouvons projeter nos histoires, nos rêves, les films que nous avons vus et toutes sortes d'autres images.

En même temps c'est une ouverture qui peut nous faire un peu frémir, car tout ce qui nous est ainsi offert apparaît comme refusé à ceux qui vivent là. Les films de Pedro Costa me font quelques fois penser au livre de James Agee *Let Us Now Praise Famous Men,* où Agee est l'intellectuel qui débarque dans les maisons des métayers pauvres de l'Alabama et décrit ça comme magnifique. Il y a des pages absolument lyriques où il décrit par exemple la salopette complètement rapiécée d'un des métayers comme une tunique somptueuse de prince toltèque. Tout ce qu'il décrit est magnifique mais en même temps il dit que toute cette beauté-là n'existe pas pour eux. Il me semble qu'il y a chez Pedro Costa aussi cette tension qui est très belle, dans ce rapport d'une ouverture et d'une fermeture dont on pourra parler en voyant quelques extraits d'*En avant, jeunesse!*

Pedro Costa | Commençons par le début, par les portes. Et pas seulement les portes, les fenêtres, les passages, les trous, les entrées et les sorties des gens, de la lumière, de l'air... Les gens m'ont ouvert leurs portes, quand je suis arrivé dans ce quartier, quand j'ai commencé à m'y balader, à essayer de le connaître, d'apprendre un peu cet espace si fermé, si abandonné. Tout avait commencé avec un autre film, *Casa de Lava*, que j'ai tourné au Cap-Vert, le pays d'où ils viennent. J'ai cherché les amis, les pères, les mères, des gens que j'avais connus et filmés là-bas. Et arrivé dans ce quartier, tout m'a séduit, le créole, les couleurs, les musiques, une certaine douceur, un secret chez ces gens qui était assez proche de ma sensibilité ; j'avais l'impression de reconnaître beaucoup de choses. Mais il y avait aussi l'espace concret, matériel du quartier, un lieu où je croyais pouvoir penser plus aisément et faire ma vie de cinéma. J'avais été très malheureux en tant qu'assistant réalisateur, et même après, sur mes premiers films. C'était une vie qui ne me plaisait pas du tout, la vie des tournages d'un cinéma conventionnel avec des empêchements et des obstacles partout. Moi j'aime les choses compliquées, je sais que mes films montrent que les choses sont compliqués mais pas de cette façon-là. L'autre jour j'entendais des choses très justes que Truffaut disait sur Rossellini. Il parlait de lui et de son chemin comme de quelqu'un qui avait perdu l'appétit de la fiction, le désir de raconter toujours les mêmes histoires d'amour ou de crime, etc... Il l'avait perdue très vite cette naïveté, presque une idiotie, qu'il faut avoir pour persister dans le monde du cinéma dit commercial, et il est parti à la recherche d'un absolu qui l'a vite éloigné du «milieu». Moi, je croyais que j'avais quelque chose à faire là, dans ce quartier, avec ces gens. J'avais rencontré un lieu qui pourrait m'aider à imaginer, peut-être à concrétiser une autre façon de faire des films, mais je ne savais pas encore comment. Je me suis perdu complètement dans cet espace totalement encerclé, comme une forteresse, avec ses entrées et sorties secrètes, une citadelle où l'intérieur et l'extérieur étaient ambigus et difficiles à cerner, où il est difficile de dire où commence le couloir d'une maison et où finit la ruelle...

Je me suis lancé avec cette fille, Vanda, dans l'aventure d'un film qui serait entièrement tourné dans une chambre, et ma première impulsion c'était d'oublier tout ce qui était extérieur. Mais, petit à petit, j'ai vu que cette chambre était presque un square, un lieu très public. Tout le monde y passait, tout le monde pouvait venir discuter, se cacher, se défoncer… Et, au contraire, je réalisais que la rue, les petites places, étaient des lieux plus secrets, beaucoup plus privés que les intérieurs des maisons. Des questions très intéressantes et séduisantes pour un cinéaste. Au fond c'étaient des mystères que j'avais déjà vus en construction dans plein de films aimés, de Tourneur ou de Lang… Oui, dans le quartier de Fontainhas de *Dans la chambre de Vanda* les portes m'ont beaucoup aidé… J'en profitais pour coincer mes personnages, pour les concentrer. Et de la chambre on ne sortait qu'au bout de trois jours de monologues, d'une semaine de sommeil, d'un mois de travail. C'était le moyen pour moi de chercher le film, un cadre, une lumière et, pour eux, de chercher des souvenirs, des idées et des paroles pour les dire, des façons de raconter les choses. *Dans la chambre de Vanda* fut tourné un peu comme ça. Mais les portes elles étaient aussi problématiques. Pas facile d'entrer et beaucoup plus difficile d'ouvrir la porte et de sortir. Parfois je ne savais pas comment trouver le courage de partir. Et ça c'est une vraie question, une question que les cinéastes ne se posent pas vraiment. Pas seulement comment apprivoiser un décor, mais savoir quand partir et comment revenir.

JR | Je voudrais maintenant poser quelques questions à l'adresse de Pedro Costa à partir de trois extraits d'*En avant, jeunesse!* Je propose qu'on regarde le premier.

[Rubens et Ventura à la Fondation Gulbenkian.]

Il y a dans ce passage un moment d'angoisse terrible provoquée par le tableau de Rubens qui apparaît isolé dans le noir sans que rien l'ait annoncé puisque, dans le plan précédent, Ventura et Lento partaient au travail. Il y a ce plan très clos sur la clôture du tableau comme si on était à la place de quelqu'un qui le regarde de près. Mais, au plan suivant, où Ventura apparaît, il est clair que ce regard n'est pas le sien. Il n'est pas en train de regarder un tableau, il regarde en l'air vers le haut. Ma double question est alors : qu'est-ce que fait le tableau ? Et qu'est-ce que fait Ventura ? D'un côté il est devant le mur un peu comme une sorte d'étalon de mesure, comme lorsqu'on photographie quelqu'un devant un monument pour faire ressentir la différence d'échelle. Mais, d'un autre, à l'inverse, sa grande silhouette noire est comme celle d'un juge qui juge ces tableaux et éventuellement leur mesquinerie.

Voilà donc ma question : pourquoi ce long plan sur ce Rubens et qu'est-ce que Ventura fait exactement à ce moment-là ? Il expliquera plus tard qu'il a travaillé à la construction de la Gulbenkian. Mais à ce moment précis, qu'est-ce qu'on peut dire qu'il fait là ?

PC | L'idée de faire une scène dans ce musée était assez excitante... Tout le film se passe entre le vieux quartier des baraques et les nouveaux blocs d'HLM, et, tout d'un coup, il y a ce moment un peu extravagant... Un jour, en passant en voiture devant la fondation Gulbenkian, tout d'un coup, Ventura la désigne du doigt et nous dit « j'ai fait ça »... Il avait travaillé à la construction de ce musée, il y avait été embauché un an et demi... Ce fut un moment très impressionnant pour nous. Donc on a décidé d'y aller faire une première visite, mi-loisir, mi-repérage. On a fait visiter le musée à Ventura qui n'y était jamais entré. Il n'avait pas vu le musée meublé, « décoré » avec les peintures, les sculptures, etc. Il l'avait construit, et ne l'avait vu qu'avec des salles vides. Pendant cette visite, j'ai commencé à imaginer une rencontre entre Ventura et un jeune gardien, pourquoi pas un Cap-verdien, qui pourrait travailler là-bas et qui pourrait être un autre fils de Ventura, puisque pendant tout le film il va rencontrer des jeunes qu'il appelle ses enfants, ses fils... J'avais déjà le garçon idéal, Cinho. Il attendait son tour, je lui avais promis un rôle de « fils ». Il se trouve que Cinho est employé comme vigile de Securitas mais dans un hypermarché. On a profité de son expérience, on a noté tout ce qu'il nous racontait, de ses journées de travail, là où les pauvres vieilles dames volent des boîtes de thon. Il serait vigile du musée. Nous, on a commencé une promenade au musée comme on pourrait faire une promenade dans la forêt, la nuit... On a traversé ce musée très, très lentement. Tout le contraire de la course dans *Bande à part*... Ça durait, Ventura se souvenait ou se dissipait... Il traversait tout depuis l'antiquité égyptienne jusqu'à Rubens. Pour concentrer tout ce long voyage j'ai décidé de filmer un tableau 'narratif', classique, et par-dessus de faire écouter l'écho de ses sandales sur le bois des salles. C'est lui qui a choisi le tableau de Rubens, une «Fuite en Égypte»... Ça suffisait, je n'osais pas trop lui demander ses impressions... Comme souvent, pendant qu'on travaille, je préfère garder le silence et attendre. Or ses trois ou quatre brefs commentaires furent très surprenants parce qu'il nous disait que les patrons du musée n'avaient pas su entretenir les locaux... Il se mesurait aussi aux grands patrons peints par Van Dyck. C'était un grand seigneur qui passait, et en même temps, il ne regardait que les petites fissures sur des murs, le marbre du sol qui était cassé, les saletés, tout ce qu'il avait fait et qui était mal entretenu. Ce qu'il avait vraiment envie de regarder, c'était ses murs, pas les Van Dyck ou les Rubens. Quand on a visité le musée cette première fois, il était un peu devant moi et quand il est arrivé à l'entrée, le vrai vigile s'est tout de suite avancé vers lui en disant «S'il vous plaît, partez, ce n'est pas pour vous ici». Le musée n'est pas pour ce genre de gens... Il fallait faire passer le sentiment que, quand même, ce lieu ça lui appartient aussi, et que c'est juste un détail s'il y a un Rubens sur son mur à lui... Quelle chance!

JR | Et pourquoi est-ce que toute la scène est silencieuse (à part les bruits de pas)? Est-ce que c'est pour en augmenter la violence?

PC | Ça vient sans doute du souvenir de cette visite originale, peut-être parce que je retenais mon souffle en attendant ses réactions, sa surprise ou ses émois pendant la promenade. J'ai un souvenir d'étonnement... On pourrait presque dire que, dès que Ventura a mis un pied dans le musée, il y eut le silence. Il l'imposait de par sa noblesse. Il ne fallait surtout pas le déranger dans sa contemplation, ses rêveries. C'était comme si on visitait les Pyramides avec le maître bâtisseur de *La Terre des pharaons*... Pour ma part je dois confesser que j'aime les musées avec beaucoup de touristes Japonais, etc., avec beaucoup de bruit... je m'y sens plus à l'aise... Ça équilibre les choses. Par exemple, le brouhaha ça met en valeur toute la peinture hollandaise du XVIIe siècle qui est très documentaire. Ça la met en relation ou en perspective...

JR | On passe au second extrait.

[La visite du nouvel appartement. L'employé municipal fait ses recommandations.]

On a beaucoup parlé de portes, or ici tout se joue autour d'une affaire de portes ouvertes ou fermées. C'est un passage d'une extrême violence, notamment par le regard de l'employé municipal qui dit à Ventura que cette chambre serait parfaite pour sa femme tout en lui signifiant par ce regard : « Je sais que vous mentez, que vous n'avez ni femme, ni enfant... ». Or cette violence va se trouver déjouée par une sorte de gag. L'employé est passé dans la pièce à côté et parle en lui tournant le dos des devoirs du locataire et des sanctions contre les contrevenants. Mais il y a un défaut de construction, la porte s'est refermée toute seule derrière lui et, quand il la rouvre pour voir si Ventura a bien entendu, il n'y a plus personne derrière.

Ce gag de la porte, Ventura le rejouera plus tard tout seul. Et entre temps il y a un gag du même genre avec l'interphone. Ça m'a fait penser un petit peu à Jacques Tati, à *Mon Oncle*. Ce n'est pas la même chose, ce n'est pas la villa luxueuse. Mais j'ai le sentiment qu'il y a ici une sorte de dimension comique qui est là pour atténuer la situation et qui vient de cette tradition cinématographique-là. Est-ce simplement une spéculation personnelle ou est-ce que ça correspond à quelque chose ?

PC | Oui, ça doit venir un peu de là, c'est assez drôle. Et c'est l'avantage de faire des films comme ça, avec la réalité et le jour après jour le plus banal des gens comme seul scénario, en essayant d'imaginer une production qui puisse protéger cette recherche. On contourne les pièges, les mauvaises idées qu'on a tout le temps avant de tourner, quand on écrit avant de voir. On avait prévu que Ventura visiterait l'appartement qui lui était destiné et on avait demandé à ce monsieur André, lui aussi cap-verdien, lui aussi habitant du quartier, mais qui est un peu à part : il a un statut légèrement au-dessus de la plupart, très self-made man, toujours bien habillé, un petit peu vaniteux. Il est vraiment employé de la mairie, et même s'il essaie de résoudre quelques problèmes ici et là et d'aider sa communauté, il exécute son job exactement comme dans le film. Tout le monde connaît son discours par cœur. Et quand on a commencé à tourner, on a eu l'intuition qu'on devrait le faire tel quel et que forcément ce serait comique. Ce film, quand même, je crois qu'il tourne autour d'un espoir et j'avais une phrase merveilleuse que Ventura m'avait offerte. André lui demandait : « De combien de chambres avez-vous besoin ? Combien d'enfants avez-vous ? » ; et il lui répondait « Je ne sais pas encore… ». C'était l'espoir du film : on ne se savait jamais combien de scènes encore, ni combien de jours de tournage encore, parce qu'on ne savait pas combien d'enfants Ventura aurait, combien de personnages on aurait à la fin. On attendait toujours d'autres enfants, d'autres scènes à faire et ça pourrait continuer pour toujours. C'est le vieux rêve – ou cauchemar – que le film ne s'arrête jamais… C'était une façon aussi de marquer un point, de dire, voilà c'est comme ça qu'on résiste un peu aux ruses de la réalité. Finalement, André continue paisiblement à faire son travail. Il continue à proférer des énormités du genre « Un tel changement c'est l'avenir », et il continue à agacer les gens… On pourrait dire qu'il est un personnage classique : c'est un peu le traître ; ce n'est pas

Le Mouchard, mais quand même... Et il était très content pendant le tournage, il l'a fait très bien, il cherchait vraiment à nous plaire : « Est-ce que c'est bien pour vous ? Je ne sais pas si je n'exagère pas un peu... » Et nous on répondait : « Non, non, il faut le faire exactement comme vous faites. Vous devriez presque expulser Ventura »...

JR | Nous pouvons maintenant regarder le troisième extrait.

[Ventura rend visite à Lento dans l'appartement brûlé.]

J'ai choisi cet extrait à cause de sa multiplicité d'événements narratifs : les cloques sur la porte brûlée, l'évocation de l'incendie, l'évocation d'autres incidents et d'autres peurs dans le passé dont on n'avait pas encore parlé, et le bilan que fait Lento de la vie de Ventura.

C'est un moment de bilan des vies comme on fait souvent à la fin des romans et dont le grand modèle est, bien sûr Flaubert, la fin de *L'Éducation sentimentale*. Il y a deux personnes qui font le compte de ce que chacun cherchait et de ce qu'il a obtenu. Et au milieu de tout ça il y a ce moment privilégié où Lento se met enfin à dire cette lettre d'amour qui est véritablement le refrain du film et que Ventura essayait jusque-là vainement de lui apprendre.

Il y a une sorte d'accumulation narrative. C'est le moment où, pour nous, le film se structure clairement comme une fiction. C'est une fiction d'un type nouveau, sans histoire d'amour mais en un sens la lettre d'amour tient lieu d'histoire d'amour. C'est le moment où Lento est capable de la dire et il y a ce geste très fort de Ventura qui prend la main de Lento.

Les mains ont un grand rôle dans le film. On a vu le moment où le vigile du musée tend la main vers Ventura et celui-ci met du temps à saisir cette main qui est une main de solidarité mais aussi d'exclusion. Il y a aussi, avant la visite de l'appartement, cet épisode où le bonimenteur de la mairie tend une main que Ventura, là aussi, met du temps à prendre. Ici en revanche il prend tout de suite la main de Lento et ça a quelque chose d'une fin d'histoire. Ça m'a fait penser à certaines fins de films, par exemple celle de *Colorado Territory* de Walsh : la main du hors-la-loi Wes McQueen traqué sur son rocher qui se tend et saisit celle de la sauvageonne Colorado.

Cela dit, il y a quelque chose d'étrange dans cette scène. Lento, nous l'avions vu mourir en tombant d'un pylône électrique. Apparemment il est revenu du pays des morts mais il l'est pour nous parler d'une autre mort, l'incendie où toute sa famille a péri. L'accumulation d'événements narratifs bascule ainsi dans le fantastique. Bien sûr, ce fantastique on peut tout de suite l'interpréter politiquement : ce sont les vies de ces gens qui sont des vies de morts-vivants. Ce pourrait être le mot de la fin. Mais non, après le film reprend pour se terminer dans la chambre de Vanda. En gros, la vie continue.

À partir de cette scène, j'avais envie d'interroger Pedro Costa sur le type de fiction qu'il utilise parce que ce film, à la différence de *La chambre de Vanda*, affirme d'emblée sa structure fictionnelle avec des épisodes qui sont impossibles, qui se montrent délibérément construits. Ce n'est pas un film qui raconte une histoire et pourtant c'est un film qui est plein d'indices de fictionnalité. Les personnages y appartiennent au présent et au passé, au réel et au symbolique, à la vie et à la mort.

J'avais envie de demander à Pedro Costa comment il a pensé ce film comme un film de fiction et ce que c'est qu'une fiction pour lui.

PC | Je ne sais pas si j'ai une réponse... Mais, par exemple, ce que je ressens aujourd'hui par rapport à *En avant, jeunesse !*, et je crois que c'est valable pour tous qui ont participé au film, c'est qu'on l'a fait, au jour le jour, sur un réel brut, à la fois très constant et très surprenant, et qu'il est précisément fait sur ce temps qu'on traversait et qu'on travaillait. Aujourd'hui je crois que peux dire que la fiction, l'invention, est toujours menée par la forme selon laquelle on organise le travail.

Au contraire, pendant *Dans la chambre de Vanda*, qui paraissait contenir, dans sa facture même, un coté beaucoup plus documentaire, je sentais arriver et entrer dans cette chambre, des fictions de toute sorte. Petit à petit, je commençais à collectionner une multitude d'histoires pour organiser et construire une seule histoire de ce quartier. Maintenant, avec le temps, avec la distance, *En avant, jeunesse!*, me paraît beaucoup plus documentaire que Vanda...

D'ailleurs, je crois que ce film a provoqué une sorte de réconciliation entre moi et le quartier. Il y a eu un vertige et beaucoup de délire dans *Vanda*. On m'avait dit : « Tu étais un peu à côté dans ce film. Dans *Vanda* on te voyait plus qu'on ne se voyait nous-mêmes. On n'y voyait qu'une partie de nous, une partie de la vie et de l'histoire du quartier. Là, dans *Juventude em marcha*, on s'approche plus de notre vie, de notre histoire commune. » À vrai dire, paradoxalement, il y a peut-être plus d'intimité dans *Juventude* que dans *Vanda*, c'est-à-dire quelque chose de la trace d'une intimité en commun, d'un secret collectif, originel, recherché et partagé... « Tout a commencé dans cette chambre à coucher », disait Lento sur les causes de l'incendie, mais c'est comme s'il parlait des fondations du quartier. Et il fallait que ce soit lui, l'agneau de Dieu, qui le dise ; c'est même pour le dire qu'il revient d'entre les morts. La mort de Lento dans ce film est la mort banale, indifférente, statistique, des quartiers pauvres et clandestins. Plein de morts pour un oui et pour un non, dans ces bidonvilles, et pas seulement à cause des bagarres, des violences de tout genre. Il y a eu beaucoup d'accidents dont on pourrait presque dire qu'ils ont construit le quartier. Par exemple ces hommes qui sont montés sur les pylônes électriques de la ville pour électrifier le quartier, qui ont branché deux fils et qui sont morts, ou brûlés, etc. Il y a des moments dans cette baraque de *Juventude* qui ne sont pas vraiment dans le présent, qui se situent dans un temps presque mythique, « la vie jeune », comme l'appelle Ventura... Pour nous, pour la marche du film, le passé, la mémoire, c'était l'intimité, l'enfoui, alors que le présent, l'autre moitié du film avec Ventura et « ses enfants », c'était un peu les nouvelles du jour... Et j'ai senti qu'avec Ventura et les autres « pionniers », faire des pas énormes en avant ou en arrière dans leur propre histoire, ce va et vient permanent, ça ne leur posait pas de problème. Mais il fallait que Lento revienne. Parce que c'était lui le pauvre sacrifié dans cette histoire, l'idiot, celui qui n'arrive pas à écrire la lettre d'amour, ni à la mémoriser et à l'aimer.

« La Comédie du montage »
Journées philosophiques | Institut français de Barcelone
13 mai 2011

Jacques Rancière | Penser *Où gît votre sourire enfui ?* comme une fiction veut dire penser la fiction non pas comme quelque chose d'imaginé, en opposition au réel et au documentaire mais dans le sens d'une construction. Ce que fait Pedro Costa c'est une construction sur une construction et, pour la comprendre, il faut en avoir en tête que le film des Straub est lui-même quelque chose comme la mise en scène d'un corps, la mise en scène d'un texte. Tout le travail de beaucoup de films de Straub consiste à faire porter par des corps un texte qui au fond parle d'eux, parce que ce qui est en jeu dans tous ces textes qu'il utilise c'est une certaine puissance, une puissance qu'on peut dire commune – c'est ce qu'il s'appelle le communisme –, une certaine puissance commune qui est exprimée dans le texte de Pavese ou de Vittorini, et qu'il faut retrouver chez ces corps d'acteurs, qui sont généralement des acteurs amateurs. Il faut les amener au degré de puissance où ils coïncident avec ce que ce texte lui-même porte de puissance commune. Or on voit très bien justement-là dans le film de Pedro Costa, que ça entraîne une idée assez particulière du montage. On le voit dans l'insistance, tout au long du film, sur les coupes, sur l'endroit où on va arrêter et où on va commencer chaque plan. Ce qui est dit à chaque fois et qui est souligné par le film, c'est qu'il s'agit toujours du geste juste, du geste commencé au bon moment, arrêté au bon moment, du geste qui parte justement au bon moment, pour que les corps d'acteurs puissent enfin, égaler exactement le texte, c'est à dire égaler leur puissance commune à la sienne. On est là très loin de l'idée du montage présentée par un autre film sur le montage, *L'Homme à la caméra* de Dziga Vertov. On y voit tout le temps les petits bouts de pellicule et la monteuse au travail.

Mais c'est complètement différent, c'est complètement différent, parce que chez Vertov, il y a les es petits bouts de pellicule – et ça c'est de la mort – et puis la monteuse va classer, va ranger, va sortir les bouts du tiroir, va coller, et ça va devenir de la vie. Or, ce n'est pas la question des Straub. La question des Straub, telle qu'elle apparaît très clairement dans ce film, ce n'est pas de faire passer le mort au vivant, c'est vraiment de qualifier en quelque sorte cette vie. Le communisme n'est pas la mise en commun des morceaux de film, c'est le geste de commencer ou d'arrêter sur le geste ou l'expression qui exprime le mieux la puissance commune.

C'est ce que Pedro Costa nous montre en insistant sur cette obsession un peu maniaque, quand ils sont là à se battre pour savoir si vraiment y a un sourire dans les yeux ou il n'y en a pas ou quand l'acteur prononce le mieux le « n » de « vendono ». On se dit qu'il y a quelque chose là d'un peu obsessionnel. Mais je pense aussi que tout travail d'artiste est un rapport entre une obsession personnelle, suivie jusqu'à être absurde, et une foi politique. On peut se dire : après tout, est-ce que ça a beaucoup d'importancece « n » ou la façon dont l'acteur prononce dont l'acteur prononce « davvero » ? Est-ce que ça a vraiment de l'importance de se battre pour savoir s'il y a le sourire qui vient dans l'œil au bon moment ? Peut-être pas. Mais je crois qu'être un artiste, c'est ne pas pouvoir ne pas s'obséder sur des choses comme ça. Les discours des Straub, sur le communisme, c'est un peu approximatif, mais ça se noue, finalement, par une croyance, une croyance qui se fixe sur certaines obsessions textuelles, et sur une manière de filmer, sur lesquelles ils ne vont pas céder. C'est aussi ça qu'on voit très bien dans le film et dans la tension même entre les exigences de précision de Danièle Huillet et les digressions et divagations de Jean-Marie Straub. Il y a une espèce de partage sexuel des rôles. Elle est là à travailler sur sa machine ; il entre et sort, il lance des boutades, des grandes considérations ou des mauvais calembours, et on se rend compte, finalement, que cette espèce de de bavardage en coulisse fait partie aussi du travail. Il y a quelqu'un qui dit

« voilà, bon, qu'est-ce qu'on fait ? Où est-ce qu'on va arrêter l'image ? Entre quel photogramme et quel autre ? » et un autre qui, de loin, en quelque sorte donne la raison de la façon de couper, à travers même ce qui a l'air d'être du bavardage et des considérations un peu futiles.

Et puis évidemment il y a quelque chose qui est, malgré tout, un peu au cœur du film, sans être énoncé par le film, c'est le rapport du numérique à la pellicule. C'est quand-même un film en numérique sur la pellicule, et c'est donc un peu aussi un film sur la fin du vieux montage, et Pedro Costa n'en fait que mieux ressentir l'intensité de ce que montage signifie pour ces artistes.

Pedro Costa | Ce film est très manipulé. Aujourd'hui, quand je vois Jean-Marie Straub se lancer dans cette belle apologie du son direct, ce passage sur la bande son du train avec le gag de *Mon Oncle*, je ne peux que sourire, parce que nous, on a rajouté encore des phrases dans son dos et en *off* pour que sa tirade devienne encore plus forte et efficace… Il y a beaucoup d'artifice, de traficotage dans mon film : des trucages numériques, des images et des sons dissemblables, etc., et c'est évidemment à rebours de tous les principes que Danièle et Jean-Marie énoncent depuis toujours. Comme Jacques Rancière disait, c'est un film un peu étrange parce que c'est un miroir d'un miroir. Parce qu'au moment où je montais mon film avec Dominique Auvray et Patricia Saramago, je montais une autre monteuse, Danièle Huillet, qui montait un autre film… ça fait une construction sur une autre construction. C'est sans doute le film où j'ai le plus réfléchi pendant le montage, et ça se prêtait à ça, forcément. J'ai bricolé avec tout ce qu'ils ont dit, avec le travail qu'on voit se faire, plus l'imagination, la poésie et l'intimité qui, jour après jour, s'est mise en scène dans cette chambre noire. Il y a beaucoup de choses recherchées et trouvées au montage. Jean-Marie et Danièle, ils partent toujours des idées, sur des idées, ou sur des convictions ; ce sont de gens de fortes convictions, enfin, ils croient. Moi, je suis beaucoup plus faible, je ne crois pas trop... Jean-Marie, Danièle, ce sont ces gens d'une force, des gens qui vont jusqu'au bout de leurs raisons, qui ne vacillent pas. Moi, je doute tout le temps et quand je fais un film, j'hésite, et je mène mon film dans le sens du doute, presque de la peur, avec Vanda, Ventura, des gens qui ont tout perdu, à commencer par les convictions. Peut-être que mon film est plus du côté de Godard que du côté des Straub : un film qui part d'une recherche des formes, qui est une approche d'une forme de travail, du temps que ça prend, de l'espace. Au contraire, Jean-Marie et Danièle ne commencent jamais un film par la forme. D'ailleurs, Jean-Marie le dit lui-même ; il fait une scène magnifique sur les idées et les formes : on part des idées, qui retrouvent une forme.

Ce film, il a été difficile à faire. D'ailleurs Jean-Marie me disait qu'on n'arriverait pas à filmer le montage. Je venais d'un film qui s'appelait *Dans la chambre de Vanda*, un tournage très long, qui m'a appris à travailler avec ma petite caméra numérique et à découvrir qu'elle pouvait aller très loin dans le détail, dans l'aperçu et le traitement des choses minuscules : *Dans la chambre de Vanda* c'était une fille, les murs d'une chambre, un petit quartier, une petite caméra et moi. Cette caméra, peut-être qu'elle pourrait filmer le montage de *Sicilia !*. Elle pourrait filmer ce moment-là, la coupe entre deux photogrammes, la collure, le moment où ça change... On pouvait comparer les choses, comme le fait souvent Godard dans les *Histoire(s) du cinéma*. Moi, je pense que mon film est un peu de ce genre-là.

Mais, à la fin, il n'y a pas de sourire dans *Où gît votre sourire enfoui ?...* On a beau le chercher, on ne le trouve pas. Moi j'étais parti pour filmer un montage, un travail très pratique, concret – on coupe, on découpe, on rassemble, on ordonne la matière – et, en plus, en compagnie de cinéastes qu'on a toujours dit matérialistes. Et bon, il y a cette scène au centre du film, qui tourne autour d'un mirage : on croit voir quelque chose et puis elle n'est pas là ; enfin, elle est là d'une certaine façon, un peu comme disait Jacques Rancière. La scène fait presque dix minutes, avec cette quête : « on va garder le sourire », ce « quelque chose qui vient dans les yeux de l'acteur »... C'est d'ailleurs Danièle qui le dit : « Je crois qu'il y a quelque chose, un sourire dans les yeux de Silvestro. » Et Jean-Marie : « On va essayer de le garder, il est beau. » Et passent douze minutes de dispute conjugale. Et puis Danielle dit « vous êtes toujours le même, depuis trente ans que vous ne savez pas vous comporter. » etc. etc. Tout ça pendant qu'elle travaille... C'est déjà une méthode : ils se disputent en travaillant. Et de ce fait, ils s'oublient, un peu et, pour moi, il y a quelque chose qui se met en marche. Enfin, il y a deux matières. Il y a comme une matière de fiction, qui est le couple, et une matière plus documentaire qui est ce travail qu'ils exécutent. À moins que ce ne soit le contraire ?... J'ai l'impression que Danièle s'oublie un peu, et qu'il faut même s'oublier ou délirer un peu dans ce métier. Et y a une énergie particulière qu'il faut dépenser en travaillant au montage d'un film, et il faut tout le temps agir, réagir. Ce qui est beau, c'est que c'est la même Danièle qui dit « il y a un sourire dans ses yeux », qui, dix minutes plus tard, déclare « il n'y a rien, on va essayer de garder quelque chose, mais il n'y a pas de sourire, je ne sais plus ce que c'est, vous me faites tout oublier. » Alors, là, il y a plein de choses. Pendant trente ans on a parlé de cinéastes marxistes, matérialistes, rigoureux, dogmatiques, etc., etc., et cette scène c'est un cadeau parce qu'enfin, ça brille de problèmes et de contradictions, de doutes, de fantaisie, d'intimité et de leçons de choses. Et cette histoire de la forme, au fond, c'est comme un esprit qui passait, qui passe parfois, qui ne passe pas d'autres fois. Alors, vous cinéastes matérialistes, voilà, vous partez à la recherche d'une illusion... C'est aussi ça le montage...

Comme Jean-Marie et Danièle, moi aussi je me limite beaucoup, je m'enferme dans des chambres d'où j'arrive à peine à sortir. Je ne trouve pas la porte... et dans ce film non plus je n'avais pas vu la porte... C'est incroyable, c'est ça aussi être cinéaste : on ne voit pas les entrées et les sorties de l'image. Les deux ou trois premiers jours dans cette salle de montage je croyais tout voir : Jean-Marie qui parlait, qui se dissipait ; Danièle qui travaillait, concentrée, crispée ; je voyais l'attention, je voyais que je ne devais pas rater le moment de la coupe, mais je n'avais pas vu la porte de la salle de montage... et évidemment, quand on ne voit pas la porte, on ne voit pas l'espace concret qui est le seul qui peut ouvrir sur l'espace imaginaire. Et quand on met en relation la porte, par où Straub sort et entre, sa porte à lui, et sa fenêtre à elle, qui est l'écran de la table de montage, là commence le va et vient, l'amour et le travail de ce couple, les moments de fatigue et de repos, un temps très mystérieux, et très violent... Quand j'ai trouvé ce point de l'espace de la salle pour filmer tout ça, je n'ai plus tellement bougé, j'ai trouvé mon centre, et je crois que le film est vraiment parti, il commençait à voyager. Et j'avais aussi une folle ambition : je voulais venger tout ce qui a été mal pensé, écrit et diffusé, sur ces films, depuis trente ans, détruire ce cliché de cinéastes durs, difficiles, marxistes-léninistes, etc., etc., qui a toujours empêché que les films soient vus ; je voulais les venger, arriver à montrer cette pensée admirable, ce travail tellement beau et étrange, cette méthode si inédite, un cinéma primitif qu'on ne fait plus... je voulais faire quelque chose de précis mais aussi de très romanesque ; C'est un film de fanatique, mais très réfléchi et un peu sentimental. Sans doute, le seul film que je ferai jamais avec un happy-end...

Il faut que je précise une autre chose : on n'était pas seuls dans cette salle de montage. Il y avait des assistants, c'était une sorte de classe de montage. Ça se passe dans une école d'arts, Le Fresnoy, dans le nord de la France, et ça a une raison économique, enfin, de subsistance : Jean-Marie et Danièle faisaient un échange : Le Fresnoy leur offrait le montage, des machines, plus une copie 35 mm du film, en échange d'un cours de montage. C'était ça le contrat. Et donc il y avait une trentaine d'élèves derrière nous. Nous, c'était moi à la caméra, Matthieu Imbert au son, et un troisième compagnon qui était une sorte d'assistant, Thierry Lounas, qui d'ailleurs est à l'origine du projet. Matthieu me demandait sans cesse : « Mais tu ne filmes pas les élèves ? », comme si c'était une responsabilité, et que je devais documenter. Et moi, je ne voyais pas l'utilité, je n'aimais pas les élèves ; il n'y avait aucun va et vient, très peu d'enthousiasme de leur part, et je sentais déjà ce qui allait venir. Et ce qui allait venir, c'était exactement comme pour les projections des films des Straub, c'est à dire qu'au deuxième jour y avait vingt-cinq élèves, au troisième il y en avait vingt, au quatrième quinze, et après il ne restait que quatre ou cinq garçons et filles qui ont continué jusqu'à la fin. Mais je ne les ai pas filmés. Ils n'avaient jamais vu les films de Chaplin ; ce qui les intéressait c'était les films de Bill Viola, enfin, des artistes comme ça : c'est une école de vidéo-art.... Donc, tout ce travail était un peu inutile, tout le monde le sentait. La seule qui était un peu immune c'était Danièle qui était déjà partie sur d'autres planètes... Donc, on est resté nous trois, plus trois ou quatre étudiants, on a fait un mois de tournage, et Jean-Marie est devenu peu à peu plus proche et nous parlait en ami... Un jour, j'ai un peu poussé Thierry et il a osé demander à Danièle, «On est là depuis un moment, on vous voit très concentrée, tous les jours, en essayant de trouver un point, un moment idéal pour couper.»... Il y a eu un silence, et Danièle s'est tournée et a dit, «Mon cher, j'ai assez de problèmes qui existent pour me préoccuper avec des problèmes qui n'existent pas.» Ça fait une belle synthèse de ce que c'est ce travail de montage qui est quand même fait de choses qui existent et de choses qui n'existent pas...

[...]

Spectateur | Je vais poser une question à Jacques Rancière. Pedro Costa a dit «Je ne crois plus» ou «j'ai tendance à ne plus croire comme nos grands-pères». Or, si j'ai bien compris, dans un de vos textes dans *Les Écarts du cinéma* vous essayez de démontrer comment la politicité du cinéma s'est transformée dans les trente dernières années, et les deux exemples choisis sont une séquence des Straub dans *De la nuée à la résistance* et un passage de *En avant, jeunesse!* de Pedro Costa. Donc est-ce que vous lui répondriez «vous croyez à des choses, mais d'une autre façon. Vous construisez cette politicité d'une autre façon que les Straub»?

Pedro Costa nous dit qu'il n'est pas pareil que les Straub qui vont jusqu'au bout de leurs idées. Mais est-ce que vous n'allez pas aussi au bout de votre projet avec, ces gens que vous avez rencontré à Fontainhas ? Dans l'entretien sur *Dans la chambre de Vanda* vous dites bien, que vous croyez à Vanda et à Ventura.

JR | Et c'est moi qui dois répondre là-dessus ?

Spectateur | Tous les deux.

JR | Je commence donc. Il y a effectivement chez Straub une certaine constance : la constance d'une croyance en l'efficacité politique du cinéma qui est aussi une croyance dans l'efficacité d'une explication globale du monde. Prenez le film qu'ils ont fait à propos des deux jeunes gens électrocutés sur un transformateur en fuyant la police et dont la mort a entraîné les grandes émeutes des banlieues françaises en 2005. Le film s'appelle *Europa 2005. 27 octobre*. Sans préambule, ils filment le décor de la rue banale qui mène au poste électrique où les deux jeunes sont morts, en panoramiquant dans un sens puis dans l'autre à six reprises. Mais il faut quand même qu'il y ait des mots pour expliquer ces six fois deux panoramiques. Ils rajoutent donc pour cela des mots écrits en surimpression : une comparaison du « mauvais goût » qu'ils partagent avec Godard : *Chambre à gaz* et *Chaise électrique*. Dans un autre petit film qu'il fait sur un militant éborgné par la police, Joachim Gatti, c'est Straub qui parle en citant Rousseau et qui conclut par ces mots « Et moi Straub je vous dis que c'est la police armée par le Capital qui tue ». Il y a une croyance persistante dans la nécessité de marquer le rapport cause-effet : il faut affirmer que c'est le Capital qui est là-derrière, que c'est lui qui arme le bras de la police qui tue. Et en même temps il y a le sentiment que l'image ne peut pas le montrer ; elle ne peut pas montrer le Capital en train de tuer, et il faut donc le dire à sa place.

Ce que fait Pedro Costa est différent : il s'installe avec des gens qu'on peut aussi appeler des victimes du capitalisme.

Il les écoute, il parle avec eux, il travaille avec eux pour voir ce qu'ils peuvent faire ensemble. Il croit à ce qu'il voit, à la parole de ces gens, à leur force et à la force qu'ils peuvent engendrer. Oui, c'est un autre type de foi. La foi de Straub est une foi dans une explication du monde qui rende compte de ce qu'il voit. Celle de Pedro Costa est une foi dans les gens avec qui il travaille ; c'est une foi dans le travail, dans ce qu'il peut faire avec ces gens, ces lieux et les moyens qu'il a. C'est ça, je crois, la différence : il y a chez lui cette foi dans le travail et dans les gens. Mais il n'y a pas ce qu'il y a malgré tout encore chez Straub : la foi dans les grands signifiants qui donnent sens à ce travail en donnant l'explication de ce qui se passe.

PC | Jean-Marie Straub le dit dans le film : « on vit à une époque de trahison », c'est le mot qu'il emploie, trahison. Un mot qui vient aussi du fond du cinéma, de son vocabulaire de base, comme le mot vengeance... Donc, oui, les films ils doivent rapporter un peu de fidélité et d'humanité. Moi, je ne sais plus très bien ce que c'est le travail, ou ce qu'on appelait la fonction du cinéma, sinon d'être fidèle. Écoutez ! Si Ventura, me dit « j'ai travaillé », je le crois ; si Vanda me dit « j'ai aimé », je la crois ! Et quand ils disent, « et alors notre film ? Qu'est-ce qui suit, Comment notre film va-t-il se poursuivre ? », ça, ça fait quelque chose. Et quand on n'a pas de réponse, et qu'il faut avoir une réponse... Qu'est-ce qui va arriver demain ? Il n'y a aucun scénario, pas même une ligne ; il y a juste l'histoire de la fidélité, film après film, à notre projet commun, voilà. Il y a aussi le sentiment qu'on ne fait pas exactement partie de ce que c'est le cinéma aujourd'hui, enfin, toute cette vacuité, cette précarité... Je crois qu'on essaie d'aller jusqu'au bout.

« Le Film sans fin »
Cité-Philo | Auditorium du Palais des Beaux-Arts de Lille
14 octobre 2021

Jacques Lemière | Toute sa vie, dans son travail philosophique qui croise pensée de l'esthétique et pensée de la politique, Jacques Rancière a accordé la plus grande importance au cinéma. Il était logique de l'inviter à examiner avec nous un film de l'œuvre de Pedro Costa. C'est en 1997 que Jacques Rancière s'intéresse pour la première fois à l'un de ses films, *Ossos*, dont il parle dans un article pour les *Cahiers du cinéma*. Depuis cette date, aucun film de Pedro Costa ne sort sans être accompagné d'un article de Jacques Rancière, de manière souvent très précoce dans le processus de distribution. Même dans des ouvrages qui ne sont pas spécifiquement consacrés au cinéma, vous trouverez de nombreuses références à ce cinéaste, comme récemment dans le dialogue avec Javier Bassas, *Les mots et les torts*. Pedro Costa filme à partir de 1989. Son premier long-métrage *O Sangue* sort en 1990. Le parcours qu'il fait ensuite est au centre de la discussion qu'on peut avoir à partir de *Vitalina Varela*, puisqu'en en 1994, Pedro Costa réalise *Casa de Lava* au Cap-Vert, un film matriciel au sens où il ouvre un chemin singulier chez ce cinéaste, une explication avec son propre pays, le Portugal. En 1997, Pedro Costa arrive dans le quartier de Fontainhas pour réaliser *Ossos*. La présence du cinéaste dans cette communauté cap-verdienne se diversifie ensuite dans d'autres quartiers, pour la bonne raison que le quartier de Fontainhas fera l'objet d'une destruction/ reconstruction. *Ossos* est un entre-deux où Pedro Costa emploie encore des acteurs professionnels et un dispositif d'équipe de cinéma de type classique. C'est en 2000 que commence véritablement quelque chose qu'on pourrait appeler le cycle de Fontainhas, avec *Dans la chambre de Vanda*, suivi en 2006 d'*En avant, jeunesse!*, de *Cavalo Dinheiro* en 2014, puis de

Vitalina Varela en 2019. On reviendra sans doute sur la portée de cette progression et de ces déplacements dans le parcours de Pedro Costa. Mais on serait tenté d'ouvrir la discussion en demandant à celui qui a pu publier, dans l'ouvrage portugais *Cem Mil Cigarros* en septembre 2009, un article sous le titre « Politique de Pedro Costa », qu'est-ce qui a fait que votre attention s'est portée sur le cinéma de Pedro Costa, et qu'est-ce qui fait que vous ne l'avez absolument pas lâché depuis jusqu'à ce film.

Jacques Rancière | J'ai vu *Ossos* un peu par hasard, à l'époque où j'ai commencé à faire des chroniques pour les *Cahiers du cinéma*. Pour la première chronique, j'ai reçu diverses invitations à des projections, dont une pour *Ossos,* film d'un cinéaste qui m'était totalement inconnu. Je suis allé voir et j'ai eu le sentiment d'une forme de sensibilité neuve même si c'était encore un film de fiction. J'en ai donc brièvement parlé dans le contexte d'un article qui s'appelait « Le mouvement suspendu » et qui regroupait plusieurs films autour de cette thématique. Pedro Costa a dû trouver ce que je disais intéressant, puisqu'il a m'a plus tard envoyé des copies de *Dans la chambre de Vanda* et d'*En avant, jeunesse!,* ce qui m'a permis de suivre de près ce parcours singulier. *Ossos* est encore un film de fiction, mais il avait déjà l'air d'une sorte d'adieu à la fiction. C'est une histoire qui se passe dans le bidonville de Fontainhas, autour d'un bébé dont une jeune mère n'a vraiment que faire, et le jeune père encore moins. À la fin du film, une porte se ferme qui m'a semblé dire: bon, c'est fini la fiction. C'est-à-dire: c'est fini, un certain traitement des paumés, des misérables, des immigrants, des gens du peuple, des femmes chargées de bébés dont elles ne voulaient pas et autres misères. C'est en tout cas le sentiment que j'ai eu alors. Ensuite il y a eu le cycle de films qui conduit jusqu'à *Vitalina Varela*. Ça a commencé avec *Dans la chambre de Vanda* qui était complètement différent puisqu'il n'y avait pas d'histoire. On pouvait même croire qu'il s'agissait d'une documentation du quotidien des immigrants Cap-verdiens et des amateurs de drogue de ce quartier marginal. Cet effet de réel brut était renforcé par le fait que c'était le moment où le bidonville était en train d'être détruit. On pouvait donc avoir l'impression qu'on suivait une chronique qui touchait au plus vif de l'expérience de ces gens-là et accompagnait la destruction de leurs lieux de vie. Mais les choses n'ont cessé de bouger avec les trois films qui ont suivi. Dans *En avant, jeunesse!*, il apparaissait tout d'un coup clairement qu'il s'agissait d'autre chose que de remplacer la fiction par la chronique. Sans doute c'étaient des gens réels. Depuis *Vanda,* c'est toujours des gens réels et non des acteurs qui sont dans les films de Pedro Costa. Mais il est clair qu'ils ne sont pas là comme des échantillons de vie populaire qu'on irait documenter, mais comme des gens qui essaient de vivre à la hauteur de leur expérience. Dans *Vanda*, il y a cette discussion entre un jeune Cap-verdien amateur de drogue et Vanda, marginale du pays également adonnée à la drogue. Ils discutent pour savoir si cette vie, c'est la vie qu'ils ont choisie, s'ils la subissent ou l'ont voulue. Tous les films qui suivent montrent clairement comment des personnages s'emparent de leur propre histoire et essayent de se mettre à sa hauteur, ce qui implique un feuilletage du temps de plus en plus compliqué. On pourrait dire que tout ce qui s'y passe est concret, mais en même temps, c'est construit de telle façon que ces gens ne sont pas saisis dans leur vie au jour le jour, mais dans des scènes où ils disent et jugent leur condition. À la fin d'*En avant, jeunesse!*, Ventura et son ami Lento deviennent comme des personnages de théâtre, des fantômes qui reviennent du pays des morts pour juger cette vie de morts-vivants qui est celle de tous leurs camarades. *Cavalo Dinheiro* et *Vitalina Varela* accentuent encore l'aspect quasiment mythologique de leur condition. Ce qui m'a intéressé là c'est le renversement du partage traditionnel entre documentaire et fiction. Les gens des bas-fonds, en général, relèvent soit du documentaire – on va s'intéresser à eux, les faire parler de leur condition, faire en sorte que les gens sachent comment ils vivent – soit de la fiction dite réaliste, où l'on va inventer des histoires incarnées par des acteurs professionnels qui se font une tête d'homme et de femme du peuple, avec des allures, des gestes, des intonations, des voix, des paroles qui font populaire. Ce sont là deux positions fondamentalement inégalitaires : on rend visite au peuple et puis on le documente tel quel ou on l'imite en mieux. C'est le refus de ce partage qui m'a accroché tout de suite dans l'œuvre de Pedro Costa : le refus de la forme documentaire et de l'idée que le documentaire est suffisamment bon pour ces gens, mais aussi de la pratique de l'acteur qui joue le peuple. De plus en plus, on a eu le sentiment qu'après avoir congédié la vieille fiction, après l'avoir en quelque sorte enterrée dans cette maison de Fontainhas, Pedro Costa essayait d'inventer une autre espèce de fiction qui crée un plan d'égalité entre ces personnages et l'histoire dans laquelle ils vivent, à savoir l'histoire du Portugal d'après la Révolution des Œillets. On voit alors qu'ils tentent de se montrer à la hauteur de leur propre vie, à la hauteur de l'Histoire, mais aussi à la hauteur de l'Art.

Dès le départ, Pedro Costa a construit un système de rencontres entre des paroles qui sont celles qu'il a recueillies dans les lettres, dans les conversations, dans les récits de tous les habitants de ces quartiers, et des paroles qui viennent d'ailleurs, le plus célèbre exemple étant la lettre qui parcourt plusieurs de ses films et qui est un mélange de lettres réelles envoyées par des immigrés cap-verdiens à leur famille au Portugal, et de la dernière lettre de Robert Desnos dans le camp transitoire où il était avant d'aller à Terezin où il est mort du typhus. Il y a donc cette chose étonnante, l'invention d'une autre fiction. C'est quelque chose qui peut saisir celui qui n'a jamais vu un film de Pedro Costa. Il y a toujours un trouble par rapport à ce qu'on voit. Au début de *Vitalina Varela*, des gens reviennent du cimetière. On dirait un défilé d'éclopés, et en même temps un défilé d'ombres, comme s'ils avaient d'emblée ce double statut. C'est quelque chose qui va bien sûr se renforcer avec l'arrivée de Vitalina en avion. On a l'impression que Pedro Costa joue avec un scénario classique qui est celui des fictions de reconstitution, d'enquête sur la vie d'une personne disparue. Quand Vitalina arrive, on a tout d'un coup un gros plan tout à fait surprenant sur l'escalier avec lequel elle descend sur le tarmac. On voit descendre ses pieds nus et apparemment ensanglantés, avant la rencontre avec une équipe du service de nettoyage de l'aéroport, qui s'impose tout de suite comme un chœur antique et qui vient dire à Vitalina qu'elle n'a rien à faire ici et qu'elle ferait mieux de repartir. C'est comme si le film devrait ne pas avoir lieu. On est d'emblée dans un trouble sur la nature de ce qui se passe. On a un peu l'impression d'une intrigue classique : quelqu'un est mort ou oublié et on va dérouler sa vie pour en saisir le secret. L'intéressant est évidemment qu'il ne s'agit plus d'un milliardaire comme Kane ou d'un producteur de cinéma un peu fou comme le Jonathan Shields de *The Bad and the Beautiful,* mais d'un immigré cap-verdien. Dès ce chœur qui accueille Vitalina, une sorte de dédoublement s'installe et l'on comprend qu'il ne s'agira pas simplement d'avoir des gens qui vont raconter ou même jouer leur histoire, mais qui vont jouer l'histoire de leur condition, l'histoire de ce qu'ils sont, de leur place ou de leur non-place dans le monde. Vitalina et les autres sont élevés à la hauteur de personnages tragiques, d'interprètes d'une sorte de célébration liturgique. Pedro Costa expliquera peut-être tout à l'heure, parce que c'est lui qui en détient la clé, l'importance que prennent ici le prêtre et les formules de la religion – formules de sermon, formules sacramentelles, formules évangéliques qui font une espèce de vis-à-vis par rapport à la parole de Vitalina. Mais ce qui frappe d'emblée, c'est la constitution d'une fiction d'un mode inhabituel. On a affaire à des gens réels qui vont jouer, agir, dire leur propre vie. Vitalina existe réellement, elle a réellement perdu son mari, elle a réellement pris l'avion pour finalement arriver trop tard et découvrir la nature de cette vie qu'il a menée pendant les trente ans où il disait toujours qu'il la ferait venir mais ne le faisait jamais. Mais Vitalina va aussi être l'actrice qui met sa vie au niveau de l'histoire et au niveau de l'art, et qui la met de cette façon elle-même. Ce « elle-même » est bien sûr extrêmement compliqué, et Pedro Costa parlera peut-être de la manière dont il constitue le discours de ses acteurs non-acteurs. Il y a aussi la singularité du personnage du prêtre qui est incarné par Ventura, le maçon cap-verdien qui était le héros des précédents films de Pedro Costa. À partir de là, le film est fait d'un certain nombre de scènes, on pourrait presque dire, à certains moments, d'ensembles. Pas des ensembles d'opéra, plutôt des ensembles de cantate, car il y a en arrière-fond de la construction du film une référence à la Passion du Christ et aux Passions de Bach et d'autres. On pourrait presque dire qu'on a affaire à des chœurs et des airs, qui ne sont pas articulés dans une histoire linéaire, mais à travers lesquels va se dire la condition de ces gens. Ce qui a aussi dû frapper tous ceux qui n'ont pas encore vu de films de Pedro Costa, c'est la solennité de la parole. On voit un peu ce qu'un acteur aurait essayé de faire, comment il aurait essayé de composer son personnage d'ouvrier ou d'immigré. Eux ne composent pas. Ils ne sont pas affalés, ils se tiennent tout droits et raides quand ils parlent. Ils portent la parole non pas comme l'expression de ce qu'ils ressentent, mais comme une vérité qu'ils essaient à dire de leur situation, et ils la disent sur ce ton un peu solennel. Vous avez dû être frappés par ce personnage qui sort des toilettes. On entend le bruit de la chasse d'eau, puis on voit l'homme sortir et raconter des choses d'un prosaïsme total : je l'ai lavé, je lui ai donné à manger, il a vomi, etc. Mais il le dit sur un ton qui est un peu celui de la parole évangélique : « j'avais faim et vous m'avez donné à manger ». C'est ce traitement de la parole qui m'a toujours fasciné dans le cinéma de Pedro Costa.

Je pourrais parler aussi de la fiction du personnage qui juge. Ce qu'il y a de très fort dans ce film, c'est qu'on sort d'un certain style de cinéma politique où l'on vous met dans une situation, et puis c'est en quelque sorte la situation qui juge, ou permet de juger, et de comprendre que ces gens sont victimes du capitalisme, de l'impérialisme, du colonialisme, etc. Il y a ici un demi-tour un peu brutal, à savoir que ces gens qu'il s'agit en général d'expliquer, d'excuser – et ici le prêtre est effectivement celui qui est censé les consoler, les pardonner, dire à quel point ils souffrent – se trouvent tout d'un coup en face d'une femme qui va renverser le jeu en disant : pas de blague, ce ne sont pas eux les victimes, ils nous ont laissées à la maison et se sont fait une petite vie bien tranquille. Le film est à la fois une célébration liturgique, une cantate, et un procès que Vitalina mène jusqu'au bout. Voilà ce que je pourrais dire. Ce qui m'a toujours fasciné dans les films de Pedro Costa, c'est la façon dont il suit les parcours de ces gens et crée un autre type de fiction où des corps réels vont essayer de dire la vérité de ce qu'ils vivent et non plus simplement d'exprimer la pauvreté, leurs malheurs et leurs sentiments. C'est une première entrée dans le film qui fait écho aux thèmes que j'ai élaborés moi-même sur la méthode de l'égalité et le voyage au pays du peuple dont j'ai parlé ici même il y a deux jours. Il y a un type de « visite au peuple » où le visiteur débarque et a le sentiment de voir le peuple en personne, après quoi il est content et il repart. Or le voyage de Pedro Costa jusqu'ici est tout le contraire, c'est un voyage sans fin. Non pas au sens où il serait perdu, mais au sens où il réinvente chaque fois la modalité de cette rencontre avec des gens qu'après tout, il n'avait au départ pas de raison particulière de rencontrer.

Pedro Costa | Sans fin, oui, c'est un peu le sentiment que j'ai. Et je crois même que je pourrais dire que c'est celui des quatre ou cinq personnes qui constituent l'équipe. Il faut commencer par dire que ce qu'on fait ne peut pas se faire à quarante ou cinquante et qu'on ne peut pas payer une équipe traditionnelle de cinéma pendant tout ce temps. Or il faut du temps pour faire un film comme ça. Le premier sentiment pour ce film ou pour les autres, c'est que je ne finirai jamais. C'est un pressentiment qu'on pourrait dire très documentaire, même si je n'aime pas du tout ce mot, qu'on est vraiment face à face avec un réel sans début ni fin. En face de Vitalina, de Ventura et des autres, je me sens en face d'un récit qui ne finira jamais. Pour ce film, tout est parti de Vitalina. Trois jours après l'avoir rencontrée, je me suis dit qu'il fallait faire un film avec elle. Pour plein de raisons. Pour elle. Pour son histoire. Pour son malheur. Pour sa vengeance. Mais aussi parce qu'on avait déjà fait plein de films avec des garçons, et que les lieux où l'on tourne sont un peu des lieux d'hommes, et qu'on se disait qu'on pouvait changer. Pour des étrangers comme moi, qui ne prétends pas être quelqu'un du quartier, même si je viens tous les jours et qu'on me connait depuis vingt ans ou plus, on n'entre pas comme ça chez une femme seule. C'était aussi un autre défi de ce film. J'en avais un peu marre des hommes, même si Ventura n'est pas complètement un homme. C'est pour ça qu'il joue un prêtre... Pour lui, je pensais naïvement à quelque chose comme un petit pas avant vers la sainteté. Je me disais que ce serait bien que Vitalina trouve un compère, un confesseur qui serait un tout petit peu femme, puisqu'elle n'a pas d'amie dans le film, ni dans la vie réelle, du moins à cette époque. Les mois suivant son arrivée à Lisbonne, elle était exactement comme on la voit au début du film, fermée, avec une hostilité tragique, très contradictoire, parce que les femmes sur le tarmac lui disent : ne viens pas souffrir avec nous, ne viens pas te perdre ; va-t'en, tu es mieux là-bas. Pour ce film, ça me semblait très clair, j'étais en face d'une histoire qui pourrait ne pas avoir de fin. C'est très bien pour un cinéaste, c'est la matière dont on rêve, le grand récit qui peut continuer. Évidemment, ça s'accompagne d'une crainte ou d'une peur. La peur d'entrer dans cette maison, dans la chambre d'une femme, même si on va en sortir parce qu'il y a quand même un tout petit peu de construction de fiction, de petites scènes pour qu'on avance et qu'on construise quelque chose. Mais ça fait tout de même très peur.

Pour moi le quartier est comme un lieu d'intimité, de rencontres, il l'a toujours été. J'ai découvert que le cinéma que j'aime depuis toujours est un cinéma très intime. Je parle beaucoup de John Ford, souvent de westerns, de films noirs américains : il faut dire que ce sont vraiment des films très intimes, des films d'intérieurs. Ça se passe dans des commissariats, des taxis, des voitures, des hôpitaux. C'est souvent très enfermé, même dans les westerns. *Dans la chambre de Vanda* m'a posé devant ma condition. Je suis fait pour filmer ce qui se passe là-dedans, à l'intérieur. On entrait et on sortait du quartier comme d'un château. Petit à petit, j'ai eu cette sensation que plus j'étais dedans, dans la chambre, plus j'étais à l'intérieur du film. La nuit aussi ressemble à une maison fermée. On va parfois dehors fumer une cigarette, les voisins passent et font des commentaires, posent des questions, accompagnent le fil du tournage, parce que ça se passe pendant, six mois, un an, deux ans ; il y a des gens qui meurent, qui naissent, on nous annonce que Madame est morte, que Monsieur est en prison, on nous demande comment ça va, le travail, si Vitalina va bien, et on répond qu'on avance, qu'elle va bien. C'est un journal quotidien permanent. Il y a longtemps que j'ai compris que plus on est dedans, plus on est dehors. Ça fait peut-être que je m'obstine dans ce sens, que j'enfonce ce clou encore plus. Quand j'atteins ce degré d'intériorité ou d'intimité, je sais que ce sera le plus public, on pourrait presque dire le plus politique. Le quartier se met a soupçonner ou à penser qu'on ne parle pas seulement de Vitalina mais d'eux tous. Son secret à Vitalina devient un peu celui de tout le monde. C'est un sentiment de plus en fort pour moi. Il y a cet épisode que je raconte tout le temps. Un jeune type voit Ventura dans *En avant, jeunesse!* et lui dit : « Ventura, je te croise au quartier toujours saoul, je t'ai vu tomber, je t'ai vu cassé, là par terre ; et là-haut, sur cet écran tu ressembles à un roi. » Et là, on se dit que oui, on est sur la bonne voie, le plus secret sera le plus public. Si on réussit, tout le monde va reconnaître sa petite part de secret. Ce malheur-là, ils le comprennent. On travaille tellement que je crois qu'il y a une reconnaissance de ce travail. Je ne dis pas que les documentaristes ou les gens des séries ou les journalistes, et même quelques assistants sociaux ne travaillent pas, mais nous on les voit passer, de temps en temps, ils passent une journée puis repartent, comme sur la voie rapide. Nous on est là.

C'est ça aussi faire un film. Surtout aujourd'hui. Quand *Vitalina* est sorti au Portugal, il y a un professionnel du milieu qui m'a dit en sortant : « J'ai beaucoup aimé le film, surtout Ventura, comment est-ce qu'il a réussi à faire ça ? » Voilà l'état des choses, vous voyez ? C'est comme ce que dit Jacques Rancière : un non-acteur qui fait tout ça, c'est toujours de l'ordre du miracle, c'est de l'acquis, ça fait partie de cette mystification presque ontologique du cinéma. Je n'ai même pas eu la force de dire à ce type que c'était du travail, exactement le même que fait Robert de Niro. Les méthodes sont peut-être un peu différentes puisqu'on part simplement des faits, avec des réalités. J'aime le répéter parce que ce sont les matériaux du film, ce sont les évènements des vies des gens. Même Ventura, qui pour une fois joue un prêtre qui n'a rien a voir avec lui-même et dont on pourrait dire que c'est un personnage ; en réalité, pas vraiment. Ce prêtre existe, et j'aimerais d'ailleurs beaucoup le rencontrer. Ce serait un merveilleux projet... S'il vit encore, au Cap-Vert ou à Lisbonne, il traîne, ce doit être un fou furieux, il est peut-être à l'asile, en prison... C'est Vitalina qui m'a raconté son histoire en passant, et Ventura m'a confirmé son existence. Plein de gens du quartier m'ont ensuite dit qu'ils le connaissaient, et beaucoup de monde connait cette histoire. J'ai dit à Ventura : alors tu peux faire ça ? Tu peux être ce prêtre ? Il faudrait quelqu'un à qui Vitalina peut parler pendant le film. Parce que sinon, ça va être deux heures de Vitalina seule, c'est trop. Et comme ça, tu seras là pour l'écouter, pour la confesser... C'est très intéressant, l'histoire de ce prêtre. Ça doit être comme ça un peu partout : l'église est toujours vide, mais elle tient debout, elle est encore là. Il y a une dame qui vient balayer, il n'y a pas de messe et pas de prêtre. Alors Ventura va jouer ce prêtre et ainsi revenir peut-être à lui-même. Plus qu'à lui-même, à tous les autres. Donc sa voie, son chemin part de très loin pour revenir à lui-même. Quand on tourne et que, de prise en prise, je vois que ça marche, j'ai l'impression de voir Ventura revenir au plus près de lui-même. Quand on fait une scène, elle dépend vraiment des acteurs – même si c'est très compliqué, cette désignation d'acteur. De toute façon, c'est un travail très quotidien, routinier. J'ai appris à aimer la routine d'une façon que vous n'imaginez même pas. C'est une joie, je me fais des fantaisies... Les peintres, les musiciens, d'autre fois, ils devaient travailler comme ça, tous les jours, routiniers, mécaniquement. Aujourd'hui, au cinéma, et dans les arts en général, tout colle, tout passe, c'est terriblement vague. Enfin, peut-être pas en musique. Nous, il faut qu'on soit là tout le temps.

Un film n'est pas seulement fait de cinéma, c'est fait de beaucoup d'autres choses, j'espère.

JR | Il y a deux notions au centre de ce que Pedro Costa a dit : le travail et le temps. C'est l'idée qu'au fond, la vraie politique du film, ou de l'art si on veut généraliser, c'est de prendre du temps, et d'occuper ce temps à travailler tout le temps. Quand j'entends Pedro Costa expliquer que pour *Dans la chambre de Vanda*, il allait tous les jours au quartier avec sa petite caméra, que parfois il n'y avait rien à faire mais qu'il fallait absolument y aller et travailler tous les jours, ça m'a rappelé l'époque où je travaillais sur l'émancipation ouvrière et toutes ces histoires d'ouvriers du dix-neuvième siècle. Il fallait aller à la bibliothèque ou aux Archives tous les jours, obstinément, pour se donner le temps, même si on ne savait pas à quoi ça va aboutir. C'est ce qui est fort dans tous ses films. On ne sait pas à quoi ça va aboutir et pourtant on doit continuer. C'est considérer qu'au fond, le travail de l'art ou le travail du film sont un travail de la vie, une forme d'expérience de la vie. Pas au sens de ces gens qui disent que l'art doit rejoindre la vie, mais par une espèce de conjonction toute naturelle, comme si c'était un seul et même travail : passer sa vie à essayer de dire quelque chose, de montrer quelque chose ou de faire que des gens puissent dire quelque chose qu'ils n'ont normalement pas la possibilité de dire. En même temps, ce qui m'intéresse, et je ne sais pas si Pedro Costa aura envie d'en parler, c'est de savoir comment lui est venu cet impératif de recréer de la fiction, ou de recréer du personnage.

PC | Au début du tournage de ce film, *Dans la chambre de Vanda,* que j'ai essayé de faire tout seul, sans équipe, sans machinerie, ni feuille de service, comme on fait une chose bien précieuse, qu'on garde pour soi, j'ai senti que Vanda, mais aussi sa sœur, sa mère, ou les garçons qu'on voit dans le film, s'y intéressaient vraiment. S'ils sont intéressés par ce projet qu'ils ne comprennent pas encore très bien, c'est le principal. Évidemment, c'est toujours un peu chaotique et confus au début, mais l'insistance, la routine, le travail pur et dur, et parfois très chiant, ça les convainc. Et il fallait que, dans le cadre social où on le pose, le cinéma devienne une activité normale, quotidienne, sans mystère. Pour *Vanda*, le point de départ était très minimal, il y avait la caméra, Vanda et moi, une chambre, une maison, trois rues. Quand j'étais dehors, je devais dire aux gens qui passaient dans la rue qu'on faisait un film, parce que sinon, pour eux, ça n'en faisait pas un. Les films c'est Tom Cruise, les Amériques, un truc qu'on ne fait pas de ses mains, surtout des leurs. Il fallait que je dise qu'on pouvait faire les mêmes choses. Que le cinéma était fait un peu comme ça autrefois et qu'il y a beaucoup de monde, des gens petits, inconnus qui ont fait la même chose. Après la méchanceté de l'argent les en a détournés, mais c'est ce que le cinéma voulait vraiment faire, au départ : montrer les maisons, la vie dans les cuisines, les amoureux, les pères et les fils, les chiens, les rues, les choses de la vie de tous les jours. Quand je disais ça, les gens m'écoutaient et j'ai commencé à avoir cette fantaisie de penser qu'ils étaient un peu intéressés par cette idée, cet essai. Bien sûr, ils poussaient un peu vers les pistolets, les histoires de sang, la police – « quand on est-ce qu'on fait la poursuite, quand est-ce qu'on est-ce qu'on filme le meurtre » –, surtout les plus jeunes. Je remettais toujours à la prochaine fois ; donc ils ont fini par perdre espoir et ils ne me demandent presque plus de faire un polar.

Ceux qui participent sont vraiment intéressés, et ils ont le désir de participer sans forcément être acteurs, de lancer des idées en l'air, d'aider Vitalina ou Ventura. Quand j'ai fait *En avant, jeunesse !*, il n'y avait pas de scénario non plus. La seule chose qu'on avait d'écrite, c'était cette lettre de Robert Desnos. Je me disais : on va faire ça tous les jours, on commence par l'apprendre, et on va faire l'expérience de la travailler dans cette baraque clandestine, qui sera notre laboratoire. On y va avec Ventura et Lento, une caméra et quelques miroirs et on va essayer d'y faire un film juste avec cette lettre. D'autre part, j'avais demandé à Ventura d'aller écouter des jeunes gens du quartier que je connaissais. J'avais dit à chacun de ces jeunes d'inventer des histoires pour que je puisse filmer. Je m'attendais à toutes les extravagances – on est bien au cinéma – or tous les jeunes voulaient parler de la mère triste ou du père alcoolique. C'étaient les choses les plus personnelles et atroces qu'on puisse imaginer. C'est à dire des choses qui n'avaient aucune invention ! Donc je me dis que ces gens sont d'abord intéressés par leurs vies, et la vie des leurs et leurs problèmes, et qu'ils peuvent très bien en parler. Du moins dans le un cinéma qui leur donne les moyens. L'intime est très propice au cinéma. Et mon cauchemar absolu pour *Vitalina*, ce n'était aucune grande question morale, c'était de savoir si Vitalina n'aurait pas un peu de honte à représenter telle ou telle chose. Parce que c'est une femme, et une femme d'un certain âge. Le travail c'est aussi de faire qu'ils dépassent cette honte sociale. Et Vitalina la dépasse, Ventura la dépasse, presque tout le monde se met à nu, sans la vanité que peuvent avoir les acteurs- ça n'existe pas chez eux. Il n'y a que l'intérêt de voir ces choses dites sur l'écran. À cause de cette lettre de Desnos et d'autres quasi-lettres qu'on a filmées, je dis toujours qu'ils prennent le cinéma au degré zéro, des messages, des transmissions. Dans *En avant, jeunesse!*, tout ce que voulaient les jeunes, c'était envoyer un signe à leur père, à leur mère, à leur famille, à eux-mêmes, et pas inventer des histoires pittoresques et dramatiques sur leur quartier. C'était parler à un père auquel ils n'avaient pas su parler, à une mère qui les avait mis à la porte. Des choses problématiques, tragiques. C'est ça que je rencontre tous les jours. Donc ce qui m'intéresse, c'est d'arriver à travailler avec ces gens-là tous les jours : bien travailler le moindre geste, le moindre regard. Il faut un peu de temps et d'effort pour qu'ils partent loin et puissent revenir au plus près d'eux-mêmes. C'est un voyage très difficile à faire, et j'essaie de le partager le plus possible, d'être vraiment là, très proche.

J'ai mis beaucoup de temps à me débarrasser de tout ce qui fait ce cinéma de gâchis et à trouver le temps. Vitalina, Ventura, tous les autres, la première chose qu'ils n'ont pas eue, à part l'argent évidemment, c'est le temps. Et l'espace. Parce que dès qu'ils trouvent un lieu, une baraque, un pays, ils le perdent. Ils n'ont jamais eu la possibilité d'avoir un minimum de temps pour se reposer et se concentrer, réfléchir, rêver. C'est quelque chose que Jacques Rancière a beaucoup travaillé. Ils n'ont jamais eu de temps pour lire ou écrire, pour dessiner, ou juste pour penser à eux-mêmes. Ce serait donc idiot et ignoble de ma part d'aller en urgence faire des films à toute vitesse. Il faut plutôt leur donner du temps pour s'exprimer, tout le temps nécessaire pour dire ce malheur, cette joie ou ce rêve. Ce n'est pas le problème du cinéma de ne pas avoir du temps, c'est le problème de ces gens-là qui ne l'ont jamais eu et qui ont été condamnés à une vraie course à la mort. C'est la même chose pour l'espace, le quartier. Tout le monde savait que ça allait mal finir. On est en transit permanent, on n'est jamais là où on voudrait être. Dans *Vitalina* il y a un peu ce rêve-là. Au moins, Vitalina a cette maison au Cap-Vert dont elle dit qu'elle est in-com-pa-ra-ble. C'est cette maison qu'on filme dans le dernier plan. Elle existe, et j'ai l'impression qu'elle est vraiment en attente de Vitalina… Vous savez, il y avait un mystère, parce que Vitalina est une femme de la terre, c'est une femme du vent, du soleil, des îles. C'était tout ce qu'elle connaissait, le Cap-Vert, son village, la montagne et le travail de la terre. Et tout d'un coup, à cinquante-cinq ans, elle débarque à Lisbonne. Elle ne connaissait pas les banlieues ou habitent ses compatriotes émigrés. Elle ne connaissait pas ces catacombes, elle les voit pour la première fois. Ventura et la plupart des autres sont là depuis des années. Pas Vitalina. Donc, elle nous le disait tous les jours : c'est affreux ici, les gens ne sont pas francs, pas sincères, ce sont tous des traîtres, les hommes sont des ivrognes, des lâches, ils meurent comme des lâches, des traîtres. Et nous, on se disait : mais pourquoi tu restes, Vitalina ? Va-t'en, pars, c'est beaucoup mieux là-bas. Même si la vie au Cap-Vert est rude, au moins tu es là avec le vent, avec tes pensées, avec la terre. Elle le dit, d'ailleurs : quand je travaille la terre, j'oublie tout et je deviens moi-même. Et moi j'hésitais à lui poser cette question, qui, en effet, me terrorisait. Quand on a fini le film, après l'avoir montré dans les festivals, on s'est dit avec l'équipe qu'on allait l'aider à refaire complètement le toit et un peu l'intérieur aussi, on avait gardé un peu d'argent pour ça. On a fait un chantier et on a refait la maison qui est toute neuve maintenant. Pendant ces travaux, je lui ai finalement posé la question : pourquoi tu ne pars pas ? Et elle m'a dit : ce que je veux, c'est finir cette maison. Je veux finir cette maison pour y faire venir ma fille et mon fils – les jeunes gens qu'on voit dans le dernier plan du film – qu'ils viennent voir cette maison que leur père leur a laissée. Ni le garçon, trop jeune pour avoir connu son père, ni la fille, qui l'a seulement vu bébé, n'ont connu leur père. Qu'ils viennent voir comme elle est bien la maison de leur père, et moi je partirai habiter l'autre maison là-bas, seule et toute contente. Voilà, c'est vrai que ça complète quelque chose, même si c'est bizarre qu'elle veuille leur montrer une maison qui n'était pas du tout comme ça à l'origine, et qu'ils pourront voir dans le film que c'était une maison de merde. Elle le dit tout le temps : tu étais un si bon maçon et tu me fais cette merde. Et là elle la refait avec nous, et aujourd'hui elle est impeccable. C'est ça qu'elle veut laisser, et elle refait tout le travail du mari elle-même.

JL | Jacques, vous parliez d'une nouveauté dans ce film. Pouvez-vous en dire un mot avant de donner la parole aux spectateurs ? Il y a un peu deux lignes d'évolution dans ce parcours de Pedro Costa par rapport à *Dans la chambre de Vanda*. L'une concerne l'effacement de la figure ouvrière dans ce film ; et puis il y a cette entrée du Cap-Vert dans le cadre, qui n'était absolument pas dans les films précédents, où le Cap-Vert était d'une certaine façon hors-champ. On pourrait encore ajouter des nouveautés formelles.

JR | Je pense qu'on peut penser cette nouveauté par rapport au film précédent, *Cavalo Dinheiro*. Ce sont d'une certaine façon deux films de la maison des morts. Le premier se passe dans un hôpital à la fois réel et symbolique puisqu'il y a tout un parcours dans des souterrains qui communiquent avec un espace qui peut figurer un hôpital moderne. Les personnages, qui sont toujours les ouvriers Cap-verdiens de Pedro Costa, sont là, pensionnaires ou visiteurs de l'hôpital. Ils revivent leur histoire en rapport avec la Révolution des œillets. Il y a un dialogue complètement fou, qui est un peu l'équivalent du dialogue de Vitalina avec le prêtre dans *Vitalina Varela*, où Ventura est dans un ascenseur confronté à un personnage statufié de militaire de la Révolution des œillets. Au début de *Vitalina Varela*, on passe de cette maison des morts-vivants à une autre maison des morts-vivants. À part les épisodes finaux qui apportent un peu de lumière, quasiment tout se passe dans une sorte de nuit permanente où se déroulent ces deux processus mêlés de cérémonie funèbre et d'enquête sur un disparu qui est aussi un procès – contre lui et ses camarades. Les deux films sont très proches par leur atmosphère et vont pourtant dans des directions inverses. Dans *Cavalo Dinheiro* il y avait une déréalisation de l'espace qui transformait notre perception des personnages. Cet hôpital qui semblait être la suite « réaliste » de leur histoire devenait le lieu d'un voyage mythologique. Dans *Vitalina Varela*, on retombe de cet espace mythologique visiblement construit dans un espace réaliste, celui du cadre de vie misérable de ces personnages. Mais la circulation « réaliste » dans le quotidien de la maison et des gens qui y passent est coupée par des scènes d'un tout autre genre, notamment ces scènes de jardin où Vitalina est là avec sa pioche comme dans un jardin ouvrier mais où on se trouve transporté au Jardin des Oliviers, le théâtre de la Passion. Les scènes du quotidien sont trouées par ces scènes énigmatiques où Ventura se retrouve au premier plan dans le rôle du prêtre qui commente à sa manière toute l'histoire. Bien sûr on peut toujours donner des clés de l'énigme, des explications de ces scènes. Malgré tout on sort là de la poétique déclarée par Pedro Costa, celle qui consiste à créer des scènes et des dialogues à partir de ce que lui ont dit ses personnages. On a bien l'impression que ces scènes énigmatiques de jardin ouvrier transformé en Jardin des oliviers, c'est lui qui les a inventées et pas eux.

PC | On est tous responsables. Depuis cinq ou six ans, tout le monde a un jardin, ou tout le monde en a besoin et veut en avoir. Chaque fois qu'une femme, un homme, une famille ou un groupe d'amis commence à cultiver un petit jardin au bord des autoroutes, trois jours après, les agents de la mairie ou de la police débarquent. Ces jardins sont clandestins, et les gens y travaillent vraiment la nuit. On travaille nous aussi beaucoup la nuit pour fuir plein de choses... Je me suis dit qu'il fallait voir Vitalina dans son jardin, car c'est une femme qui aime travailler la terre, qui l'a toujours aimé. Il fallait qu'on la voie travailler un peu. Mais j'ai très vite associé le jardin à Ventura, parce que je situais ce jardin pas loin de cette chapelle et c'est évidemment le jardin final, le Jardin des Oliviers. Ventura est ce pauvre type qui veut prêcher à ses semblables mais qui ne les trouve plus à l'intérieur de l'église. Alors il ouvre la porte et passe au jardin où il pourra peut-être s'adresser plus facilement aux animaux, aux arbres, aux humains qui passent. Dans *Cavalo Dinheiro*, Ventura disait qu'il parlait aux murs. Donc je me suis dit qu'il pourrait continuer, la nuit, et prêcher ou parler aux murs du quartier. Mais quand il y a des problèmes de construction, j'espère être un peu fils de Lubitsch et de gens comme ça. J'ai aussi ma propre cuisine pour ce qui est de la narration. Je sais parfois qu'il va me manquer ceci ou cela, que ce serait bien d'appuyer telle ou telle scène. Donc quand Vitalina est avec le prêtre Ventura, quelque chose se met en place. Vitalina est catholique, elle allait à l'église au Cap-Vert. Ce sont des choses qu'elle comprend et qu'elle vit bien. Vitalina s'installe en quelque sorte au Portugal à travers cette chapelle. C'est là que Ventura lui dit : il faut que tu apprennes le portugais pour parler avec ton mari. Ça peut sembler bizarre mais ça ne l'est pas du tout. Regardez Jean Rouch, *Les Maîtres fous*. C'est la même chose : les fantômes cap-verdiens, maliens ou nigériens parlent en français ou en portugais, ils ne parlent pas en créole. C'est étudié par les anthropologues. Les esprits s'habillent avec nos anciens habits et parlent la langue des colonisateurs. Quand il y a possession, et quand un esprit se met à parler, il parlera en portugais. Mais ce que je pense que Ventura veut lui dire aussi, c'est qu'il faut qu'elle commence à préparer sa vie au Portugal, à apprendre la langue pour signer son contrat de femme de ménage chez Zara ou Mango – des emplois qu'elle a eus d'ailleurs – et gagner un peu d'argent pour survivre. Il a beau être totalement délirant et sans foi, mais, émigrant comme tous les autres, il n'oubliera jamais le côté pratique. Bon, mais je crois que le film devait résister un peu à ce triste destin et laisser Vitalina sortir de cet enfermement. J'ai quelques amis cinéastes qui m'ont dit qu'ils n'étaient pas sûrs de la fin du film. Moi, je trouvais stupide qu'elle reste enfermée, il n'y avait pas de raison.

Spectateur | Merci pour ces interventions et pour votre film. Quand un cinéaste dit que son film est entre la lumière et l'obscurité, ça n'est souvent qu'un cliché. Mais là, c'est vrai. De la manière la plus prosaïque, car les plans sont à la fois très lumineux et très sombres, mais aussi à un niveau plus profond. C'est le cas pour tout ce qui forme une intersection dans le film, entre les hommes et les femmes par exemple : c'est réel et ce n'est pas juste un sujet anecdotique que le film aborde pour cocher la case. On sent tout de suite que c'est vrai, ce qui va avec l'effet presque physiologique que produit le film. C'est rare, unique.

Spectatrice | Une question très pratique : combien de temps avez-vous pris pour faire ce film, préparation incluse ?

PC | Environ quatre ans. Mais il faut dire que maintenant toute la préparation – c'est à dire les repérages, les constructions de décors, les répétitions d'acteurs – et le tournage, c'est la même chose, c'est le même mouvement. Comme on n'a pas de scénario écrit, on ne peut pas prévoir en totalité ce dont on a besoin. Par exemple, au début, on ne savait pas qu'on aurait besoin d'une église. Il fallait la construire. Vitalina s'y est mise avec nous. On peut passer un mois à la construire, et ça sera aussi une façon d'écrire le film. Pour cette chapelle, on a copié l'intérieur de celle qui existe. On en filme l'extérieur, quand

Ventura y entre, la nuit. Mais on a préféré reconstruire l'intérieur, pour travailler à notre guise, dans un vieux cinéma abandonné qu'on a trouvé pas loin du quartier. À la fin des travaux, j'ai senti quelque chose de bizarre, une chose à laquelle on n'avait pas bien pensé : le sol était resté brut, en terre. On s'est demandé comment faire. Toutes les solutions coûtaient cher, alors on s'est dit qu'on allait le laisser comme ça. Et ça, nous a amené à des idées et à des dialogues. On n'est pas loin des premiers chrétiens qui prêchaient dans des grottes. On n'a pas fait pas ça délibérément, et ça éclaire ce que dit Ventura : personne ne nous aide, le ciment est cher, la peinture est chère, les briques sont chères. Ce dialogue n'est pas fini. Ce sont des choses comme ça qui nous aident à avancer. On est toujours en préparation. Après *Ossos,* je ne voulais plus jamais refaire de films trop préparés. Dans la vie, tout est en en mouvement, comme l'histoire. Dans dix minutes ou ce soir, ça sera différent. Tout va en avant. Ou en recul. Parce qu'il est dangereux de travailler sans un scénario, parce qu'on rencontre parfois des choses qui nous font tout repenser et revenir en arrière. Mais il y a beaucoup de cadeaux aussi. C'est un travail long et lent. Parce qu'il faut y aller et tout trouver tous les jours.

Spectateur | J'ai été très frappé par l'image et le son. L'obscurité fait qu'on ne sait pas toujours ce qu'il y a dans l'image. Quelque chose prend forme et devient visible. Cette atmosphère, ces contrastes énormes entre ce qui est à peine visible et puis, tout d'un coup, l'éclat des prunelles qui sortent de l'ombre, m'ont fasciné. Avez-vous utilisé des filtres ? Avez-vous seulement travaillé la nuit ? Le son aussi est fascinant. Il y a de très longs silences, et tout d'un coup on a l'impression que vous montez le son, et la voix du prêtre ou de la femme explosent. Ces contrastes très brutaux entre le silence et la parole ou le bruit, dans quel esprit les avez-vous travaillés ?

PC | L'esprit du travail. Il n'y a pas d'autre que celui du projet commun qui n'est ni plus ni moins que travailler pour travailler.

Parfois, pour en récolter les fruits. On a tellement de travail dur, physique qu'on n'a pas vraiment le temps de penser à l'art... On fait à quatre le travail de quarante personnes, alors on est fatigués. Les acteurs aussi, parce qu'on fait beaucoup de prises, pas par caprice, mais parce qu'on a besoin d'apprendre et de voir ce que ça donne. Tout le monde le fait pour la première fois, et à chaque film, Vitalina, Ventura, tout le monde en a besoin parce qu'on ne sait pas plus les uns que les autres. On a besoin de voir si ça existe, si ça tient. Quant au travail de la lumière, de l'image, je réponds toujours – et ne le prenez pas mal : essayez de regarder un film de Murnau. Vous y verrez le même soin là. Mais c'est beaucoup mieux. On a tellement perdu au cinéma. Je ne parle pas seulement des soi-disant expressionnistes, Fritz Lang, Murnau, mais du cinéma muet en général. C'est incroyable ce que l'on a jeté par-dessus bord, les regards, les ombres, les attitudes. Il y avait un plaisir de la recherche, un goût du métier. On voit encore parfois des choses intéressantes même dans les grosses productions américaines, mais c'est rare. Nous, on fait ce qu'on peut. Les gens d'aujourd'hui, jeunes ou moins jeunes, ils font ce qu'ils peuvent. On n'a pas le temps ni le désir, parce que les besoins ont beaucoup changé, et les films se ressemblent tous. C'est ce qu'on est en train de perdre. Peut-être que cette perte devient plus visible ici, pendant qu'on regarde ce film. Ça fait partie du projet.

Spectatrice | Une question sur le travail sonore. Si vous étiez quatre cinq, de quelle manière avez-vous pensé le travail du son au sein de votre équipe, sur le tournage, et puis au moment du montage ? Qu'est-ce qui s'est joué sur cette question de l'écriture sonore ?

PC | J'essaie de ne pas trop penser. Parce qu'on arrive parfois dans des impasses qui, au fond, n'existent pas. La façon dont on travaille ? On a un ingénieur du son qui vient seul et fait le son lui-même. Il est là tous les jours, comme nous tous. Sur les quatre ans dont je parlais, on a tourné tous les jours pendant peut-être huit mois, peut-être plus, mais on est là tous les jours. On arrive à 8h, 9h et on finit assez tôt, vers 17h ou 18h. La nuit, ce sont d'autres horaires. Être là est très important. Si on ne peut pas ou si on ne veut pas tourner – parce que quelque chose n'est pas encore au point, parce qu'il y a des gens qui ne sont pas bien, ou pour d'autres raisons – il y a de toute façon toujours beaucoup d'autres choses à faire. Pas seulement tourner. Moi je peux répéter ou écouter Vitalina, ou converser avec les gens, acteurs ou non, Ventura, et les autres. Mes camarades peuvent aller continuer à construire l'église, un coin de rue, isoler la chambre des bruits de l'extérieur. L'ingénieur son peut aller se promener seul dans le quartier et enregistrer des sons, des ambiances, des sons seuls, des voix, des murmures, des enfants, la vie dans les maisons et les ruelles. Quand il entend quelque chose qui l'intéresse ou l'intrigue, il se pose et il enregistre pendant un moment. C'est son travail, il passe une journée à ça, et parfois il obtient de très beaux sons, des ambiances merveilleuses. Mais ce n'est pas seulement un travail technique ou artistique, c'est surtout la meilleure façon de connaitre à fond le quartier et les gens qui y vivent. Parce qu'on entre dans les maisons et on parle aux gens et on demande ce qu'ils font, ce qu'ils attendent, etc. On est invité à entrer, à manger quelque chose. C'est comme ça que j'ai commencé à reprendre plaisir au travail du cinéma, après mon expérience sur les tournages des productions conventionnelles. J'avais souffert comme assistant et même un peu sur mes propres premiers films. Après que j'ai décidé d'abandonner cette pratique et de partir, j'ai retrouvé ce plaisir dans le quartier cap-verdien de Fontainhas : il y avait, en face de moi, une vie de recherche et d'étude. Je pouvais travailler sans me forcer, sans que ça soit pénible, sans obligation. La caméra me servait à esquisser, à prendre des notes. J'étais cinéaste mais aussi reporter ou anthropologue. J'ai appris et découvert beaucoup de choses sur les hommes et les femmes immigrants depuis vingt ans, sur l'histoire des peuples qui ont construit les banlieues européennes. Dans un précédent film, il y a un garçon qui dit qu'il va chercher de l'électricité et il meurt. J'avais toujours croisé plein d'hommes, jeunes et vieux, avec le visage ou les bras brûlés. Ça m'intriguait. Voilà, il faut monter aux poteaux électriques de la ville et prendre un peu de lumière, du courant électrique pour sa baraque. C'est par des détails comme ça que j'ai appris à connaître leur expérience, leur courage. Ça, ça écrit et ça forme ton propre travail. Et si c'est du cinéma que tu veux faire, tant mieux.

Spectateur | J'aime beaucoup cette démarche que je trouve très honnête, très modeste, et par là-même très ambitieuse. On sent vraiment que vous ne prenez pas les gens comme des prétextes. C'est risqué de se lancer dans une aventure pareille, vous vous y êtes lancés il y a deux décennies. J'aimerais vous demander, à titre plus personnel, comment vous vous êtes démerdés pour vous donner ce temps.

PC | C'est une démarche tellement chargée de péril, d'irrationnel. D'irrationnel, j'insiste. Le cinéma n'est que de la folie organisée. C'est un peu ce que je disais de la prestation de Ventura : il compose un prêtre un peu fou, mais en effet très organisé, très réfléchi. J'ai abandonné le cinéma de production plus conventionnel parce que j'ai réalisé que je ne vivais pas bien cette espèce de course sourde, aveugle et inconsciente. J'aime faire des films, mais pas avec ce genre de compromis et de contraintes. Jamais je n'avais le temps pour travailler, ni avec les acteurs, ni avec les copains techniciens. Je ne pouvais pas aller au bout des choses et j'en venais à me dire que c'était peut-être moi qui ne savais pas faire des films comme untel fait des films, avec bonne humeur et légèreté, sans problème : les repérages, puis l'écriture du scénario, les répétitions avec les acteurs, les plans, les séquences, les cadrages, la mise en scène... Je me disais : ils assurent, et moi je n'assure pas. Il y a un très bel entretien où Jean Renoir parle un peu de ça : « À Hollywood, j'ai fait quatre films, les plus mauvais films que j'ai faits de ma vie » – c'est faux, ils sont très beaux –, « c'est une usine merveilleuse, ils ont les meilleures machines, les meilleurs techniciens, mais on ne me donnait pas le temps...

je suis parti en Inde. » Et là il a fait *The River*, qui est le plus beau film qui existe, sur lequel il a passé peut-être quatre ans ou plus, un film qui a un peu changé sa vie, et dont il est le producteur, ce qui est très important.

C'est un peu ce que j'ai senti. Il me fallait l'expérience d'un temps sans ce malheur permanent. Et je ne pouvais plus tricher ni faire semblant de ne pas sentir la gravité des choses qui étaient en face de la caméra. Il y a le risque et l'irrationnel qui pointent tout le temps. C'est normal : si on est là, si on pense qu'on veut faire quelque chose d'intéressant avec cette dame, il faut un peu de temps de partage et de patience. Parce qu'on ne naît pas cinéaste, ni acteur, il faut toujours apprendre. Il faut aussi que je sois mon propre producteur, ce producteur qui protège l'irrationnel d'un projet. J'ai l'impression que ça a existé par le passé. Je prends toujours le modèle du Hollywood révolu, ces gens qui ont produit des prototypes incroyables. Ils pouvaient trouver tel cinéaste délirant, mais ils le laissaient faire, parce qu'il y avait ce protocole de réalité : on savait très bien, producteurs, cinéastes, acteurs, techniciens qu'il travaillait à partir d'une réalité, dans ce cadre, et d'une certaine façon, qu'il répondait aux besoins de cette réalité. Et ça a donné des films incomparables. Je parle de la façon de faire. Je pense que c'est du côté de la production, de l'organisation pratique, économique, qu'il faut se battre, qu'il faut changer. J'aurais pu refaire *Ossos* sans problème, j'étais destiné à ça d'une certaine façon, à faire le prochain comme le précédent mais en un peu plus grand. Le hasard a fait que j'avais trouvé ce quartier et cette communauté, et que, par chance, on commençait à avoir accès aux petites caméras numériques. Ça m'a beaucoup aidé à penser ma pratique, et à me recentrer dans le cinéma par le coté de la production. Je n'ai pas trop de fétichisme technique. Peu m'importe de tourner en 35 mm ou en vidéo. Je peux faire un film demain tout seul en vidéo, tant que c'est fait avec le même soin, avec le même respect du temps, le mien et celui des gens que j'aurai en face de la caméra, respect de la réalité, de la lumière. La lumière dans *Vitalina*, c'est la lumière de sa maison, donc de son malheur.

Mais il faut dire que la question de l'argent devient chaque jour plus problématique et difficile. Mon cas : j'ai fait un certain nombre de films, on me connaît un petit peu. Eh bien, c'est sûr que tous les producteurs, les comités et les collèges de financement se disent que mon prochain film va encore être la même chose que le précédent, avec les mêmes gens, les mêmes décors, décrépitudes, tristesses, etc... Donc je ne fournis pas de la nouveauté, de la variété, ni le surplus qui est la condition essentielle du progrès de ce cirque. Et je ne peux pas dire le contraire. Et c'est clair, pour tout ce beau monde de décideurs et de *sales agents*, que la fiction ce n'est pas mon affaire : je ne travaille pas avec de l'invention, de la fantaisie, etc. Et donc je n'ai pas besoin de beaucoup d'argent pour faire mes petits portraits réalistes d'un milieu pourri. Je dois donc chercher davantage du côté du documentaire ou des fondations d'art. Pour commencer à travailler sur un nouveau film il me faut d'abord cinq à sept salaires moyens portugais, pendant six mois. Pas des salaires de cinéma, évidement, un deuxième assistant caméra ici gagne 1500 euros par semaine, imaginez le chef... Donc, quand je pense que je peux assurer sept ou huit mois de salaires pour nous quatre ou cinq, plus trois ou quatre acteurs, on peut commencer. On possède nos moyens de production. Tout le matériel, caméra, objectifs, projecteurs, tout est à nous. Et la post-production digitale tend de plus en plus vers des programmes accessibles. On peut le faire à la maison avec un ordinateur. Tout le reste, les décors, les accessoires, la plupart des trucs dont on a besoin, sont à notre disposition ; ou bien on les construit ou on les trouve. Je dis toujours qu'on fait avec les restes, et malheureusement c'est exactement ça : les lieux ou on travaille ce ne sont que des restes, des restes de maisons, des restes de communautés, des restes de gens. Je me dis toujours qu'on doit être à 100% de nos capacités, de notre attention et de nos compétences quand on travaille dans des conditions comme ça. Parce que le monde du cinéma veut toujours qu'on répète *ad aeternum* les mêmes gestes, les mêmes convenances, avec un scénario, qu'on évacue le moindre doute. Mais la beauté c'est qu'on ne peut pas tricher avec les secrets des gens.

Origine des textes

La première partie de ce livre rassemble les cinq articles que j'ai consacrés aux films de Pedro Costa.
Politique de Pedro Costa a paru d'abord en traduction portugaise dans le recueil *Cem mil cigarros* coordonné par Ricardo Matos Cabo et publié en 2009 par Orfeu Negro. Il a été publié pour a première fois en français dans mon livre *Les Écarts du cinéma* publié en 2011 par La Fabrique ; *La Lettre de Ventura, Cavalo Dinheiro* et *Deux yeux dans la nuit* ont paru respectivement dans les numéros 61 (printemps 2007), 95 (automne 2015) et 115 (automne 2020) de *Trafic,* sur la sollicitation de Raymond Bellour ; *Les Chambres du cinéaste* a paru dans le numéro 23 (printemps 2003) de *Vacarme*, à la demande de Mathieu Potte-Bonneville.

La deuxième partie rassemble des conversations avec Cyril Neyrat autour de moments choisis des films de Pedro Costa. Celles-ci ont eu lieu en deux temps. La discussion sur *En avant, jeunesse !* a été enregistrée pour les suppléments du coffret *Letters from Fontainhas* publié par The Criterion Collection en 2010. Les rencontres sur les autres films ont eu lieu à Paris entre novembre 2021 et janvier 2022.

La troisième partie est constituée par trois discussions publiques avec Pedro Costa. La première, en décembre 2010 au Musée Reina Sofia de Madrid à l'invitation de Manuel Borja-Villel, a été consacrée à trois extraits d'*En avant, jeunesse !* La seconde s'est tenue en mai 2011 à l'Institut français de Barcelone après la projection d'*Où gît votre sourire enfui ?* La troisième s'est tenue en octobre 2021 à Lille dans le cadre d'une invitation qui m'avait été adressée par la manifestation Cité Philo. La discussion a été introduite par Jacques Lemière après la projection de *Vitalina Varela*.

Jacques Rancière

Pedro Costa
Les chambres du cinéaste

Suivi éditorial : Gaël Teicher

Conception graphique : Juliette Raut (juliette.raut@gmail.com)
Photogravure : Gt et Vitor Carvalho

Achevé d'imprimer en juillet 2022, sur les presses de l'imprimerie PBtisk a.s., Pribram, République Tchèque

Tous photogrammes tirés de *Cavalo Dinheiro, Notre homme* et *Vitalina Varela* © Pedro Costa / Optec
Tous photogrammes tirés de *Casa de Lava, Ossos, Dans la chambre de Vanda, En avant jeunesse!* © Pedro Costa

Remerciements :
Antoine Thirion pour la transcription du colloque de Cité Philo (Lille)
Vitor Carvalho pour la transcription du dialogue initial entre Jacques Rancière et Cyril Neyrat autour de *Dans la chambre de Vanda* (The Criterion Collection)

Pour les colloques de Madrid et Barcelone : Francisco Algarín Navarro, Miguel Armas, Aurelio Castro, Miguel Garcia, Gonzalo de Lucas, Núria Aidelman, Javier Bassas Vila

Pour le colloque de Cité Philo (Lille) : Jacques Lemière, Jean-François Rey et Léon Wisznia

Kim Hendrickson et Peter Becker (The Criterion Collection)

Yann Brolli, Sophie Doléans, Richard Frank, Christophe Gougeon, Nathalie Lalau, Veronika Rivière

© ÉDITIONS DE L'ŒIL 2022
Dépôt légal : juillet 2022
isbn : 978-2-35137-322-4

les Éditions de l'Œil
Freddy Denaës & Gaël Teicher
7 rue de la Convention
93100 Montreuil
tél. : 01 49 88 03 57
editionsdeloeil@gmail.com
www.editionsdeloeil.com